从心所欲不逾矩

许渊冲

2021年4月（100岁）

许渊冲汉译经典全集

莎士比亚

Antony and Cleopatra

安东尼与克柳葩

许渊冲 译

商务印书馆
The Commercial Press

图书在版编目（CIP）数据

安东尼与克柳葩 /（英）威廉·莎士比亚著；许渊冲译. —北京：商务印书馆，2021（2021.7 重印）
（许渊冲汉译经典全集）
ISBN 978-7-100-19411-2

Ⅰ. ①安…　Ⅱ. ①威…②许…　Ⅲ. ①悲剧—剧本—英国—中世纪　Ⅳ. ① I561.33

中国版本图书馆 CIP 数据核字（2021）第 022305 号

权利保留，侵权必究。

许渊冲汉译经典全集
安东尼与克柳葩
〔英〕威廉·莎士比亚　著

许渊冲　译

商 务 印 书 馆 出 版
（北京王府井大街36号　邮政编码100710）
商 务 印 书 馆 发 行
南 京 爱 德 印 刷 有 限 公 司 印 刷
ISBN 978 - 7 - 100 - 19411 - 2

2021 年 3 月第 1 版	开本 765×965　1/32
2021 年 7 月第 2 次印刷	印张 6 1/8

定价：91.00 元

目 录

第一幕 …………………………………………… 1

第二幕 …………………………………………… 32

第三幕 …………………………………………… 77

第四幕 …………………………………………… 126

第五幕 …………………………………………… 171

剧中人物

马克·安东尼　罗马三执政之一

德米特里　安东尼部将

菲罗　同上

艾诺巴　同上

闻梯迪　同上

西利厄　同上

埃罗斯　同上

肯尼达　同上

斯卡勒　同上

德西斯　同上

安东尼信使　教师

克柳葩　埃及女王

查迷艳　克柳葩侍女

伊拉丝　同上

亚勒萨　太监

马蒂安　同上

迪奥摩	侍从
塞流克	司库
奥大维·凯撒	罗马三执政之一
雷必达	同上
奥大薇亚	凯撒之妹,安东尼之妻
梅塞纳	凯撒部将
亚格帕	同上
托勒斯	同上
多贝拉	同上
西德拉	同上
盖勒斯	同上
普洛亚	同上
塞达斯·庞贝	罗马三执政的对手
迈纳	庞贝部将
曼克拉	同上
瓦略斯	同上

使者

算命术士

庞贝侍从

歌童

安东尼部官佐

丑角

侍从、太监、哨兵、卫兵、士兵、侍仆等。

第一幕

第一场

亚历山大宫中

（德米特里与菲罗上。）

菲 罗　不对，我们的将军怎么像泛滥的洪水一样迷恋着一个女人？他威风凛凛的眼神，原来像金盔铁甲的战神的炯炯目光，扫射着三军将士，现在却仿佛从天上落到人间的一张黄脸上了。他大将的雄心壮志，在两军激战时鼓起了他紧锁胸前的金甲，现在却低声下气，成了炼铁炉前的风箱，吹出阵阵清风，却只能煽起一个吉卜赛女人的情欲烈焰了。

（在鼓乐声中，安东尼和克柳葩上，查迷艳和伊拉丝侍从在侧，掌扇太监随从在后。）

瞧，他们来了。仔细看看，你就可以看出这世上的三大擎天柱里面，有一根不再顶天立地，变成跟风流娘儿说说笑笑的人物了。

克柳葩　你说得出你多么爱我吗？

安东尼　说得出的爱情和给乞丐的施舍一样，是微不足道的。

克柳葩　我要立个界标，看看爱情统治的疆域到底有多大。

安东尼　那这个世界就太小了，你非得开辟新的天地不可。

（信使上。）

信　使　报告将军，罗马有信来了。

安东尼　不要啰唆！简单说两句吧。

克柳葩　不，安东尼，听听他们怎么说的。富薇亚是不是发脾气了？谁晓得呢？说不定嘴唇上还没长毛的黄口小儿凯撒发出了不得违抗的命令，要你去做这件事，干那件事，要你去东征西战，南讨北伐，不得有误，否则就要按军法惩办。

安东尼　怎么会呢，我亲爱的？

克柳葩　谁晓得呢？不，很可能你得交差了，凯撒已经免了你的职。所以听我说吧，安东尼。富薇亚的传票呢？或者不如说是凯撒的传票，也许是两个人串通一气的。叫送信的人来！既然我是埃及女王，安东尼，你为什么要脸红呢？难道要向凯撒示弱，甘拜下风了？要不就是富薇亚的尖嘴利舌骂得你抬不起头来，面有愧色吧？叫信差进来！

安东尼　让罗马在第伯河中化为惊涛骇浪，高耸入云的帝国凯旋门土崩瓦解，我都不会放在心上，只有这里才是我的天地。在我看来，王国不过是块粪土，养育着凡人和牲畜。超凡离世的生活就是做一对神仙情侣，融化在难分难解的热烈拥抱中，天崩地裂也不能把我们分开，天下人都会看到我们是独一无二的。

克柳葩　说得好听！既然不爱富薇亚，为什么要同她结婚？我不会傻得人家说什么就信什么，安东尼会露出真面目来的。

安东尼　克柳葩不兴风，安东尼怎能作浪？现在，不要错过了爱神染上柔色的时光，不要让闲言碎语糟蹋了时间，每一分钟都要打上爱神的印记！今夜怎样玩才痛快？

克柳葩　接见使臣吧。

安东尼　调皮捣乱的女王！嬉笑怒骂无不相宜，无论什么感情，只要是你表现出来的，就都显得可爱，别人要学都学不到呢！我不要见什么使臣，只要见你这个天使。今晚我们去逛逛街，和老百姓凑凑热闹怎么样？去吧，我的女王，昨夜不是说好了的吗？——

（对使臣）不要说了。

（安东尼、克柳葩及侍从下。）

德米特里　怎么！难道安东尼就这样小看了凯撒？

菲　罗　老兄，有时候安东尼也会忘乎所以的，没有安东尼的品格，也就没有了安东尼。

菲　罗　不幸的是，他证实了罗马街头的流言蜚语，不过，我还希望明天情况会有好转。好好休息去吧。（同下。）

第 一 幕

第二场

宫中另一室

（查迷艳、伊拉丝、亚勒萨、算命人上。）

查迷艳　亚勒萨大人，可爱的亚勒萨，什么都知道的亚勒萨，简直是独一无二的亚勒萨，你对女王称赞的那个算命先生呢？我倒想要知道会嫁个怎么样的丈夫，你不会说他头上要戴绿帽子吧？

亚勒萨　算命先生！

算命人　有什么吩咐？

查迷艳　就是这个人吗？先生，你什么都知道？

算命人　在大自然的无穷奥妙中，我能看出一点。

亚勒萨　（对查迷艳）伸出你的手来。

（艾诺巴及侍从送酒和水果上。）

艾诺巴 （对侍从）快把宴席摆好，给女王祝酒，酒要多一些。

查迷艳 好好先生，给我算个好命吧。

算命人 我算不出好命，只是看得出来。

查迷艳 那就请你给我看出好命来，好不好？

算命人 你看起来还会更好看。

查迷艳 他说的是脸孔吗？

伊拉丝 不对，老脸还可以搽粉呀。

查迷艳 搽粉能遮住皱纹吗？

亚勒萨 不要打断算命先生的话，要好好听！

查迷艳 听！

算命人 关于爱情，你拿出去的多，拿回来的少。

查迷艳 那还不如把心灌醉呢。

亚勒萨 不要说了，听他怎么讲。

查迷艳 好了，我知道有什么好运气。一个早上我可以嫁三个国王，下午却又成了寡妇。到了五十岁还会生个孩子，连谋害耶稣的希律王也不敢再下毒手。我简直可以嫁给奥大维·凯撒，和我们的女王争辉比美了。

算命人　你活得比你侍候的人更长久。

查迷艳　谢天谢地！活得有结果总比无花果好。

算命人　你过去的生活比将来的好。

查迷艳　这样看来，我的孩子都不知道他们的父亲是谁了。请算一算我会有多少个儿女？

算命人　假如你的愿望能够怀孕，能够生儿育女的话，你的儿女会成千上万。

查迷艳　去你的吧，笨蛋，算命就是胡说八道，我也不和你计较了。

亚勒萨　你以为你在床上干的快活事只有你自己知道？

查迷艳　去你的吧。来，给伊拉丝算个命。

亚勒萨　我们都要算个命。

艾诺巴　我的命，还有不少人的命，今夜都是喝醉了酒上床。

伊拉丝　（伸出手来。）别的地方找不到贞洁，至少我的巴掌是干净的。

查迷艳　尼罗河一泛滥，两岸还会闹旱灾吗？

伊拉丝　去你的吧，只会在床上撒野的女人，你又不会算命。

查迷艳　不对，要是一只油滑的湿手还没有干过风流的勾当，那真是闻所未闻，听得我的耳朵都要发痒了，请你随便给她算个命。

算命人　你们两个的命都差不多。

伊拉丝　怎么会？怎么会？说详细点！

算命人　该说的都说了。

伊拉丝　难道我的命不比她的好一丁点儿？

查迷艳　这一丁点儿，你希望好在什么地方？

伊拉丝　我并不希望男人在床上的功夫好一丁点儿。

查迷艳　下流的想法，老天会有报应的。亚勒萨——过来，给他算个命，给他算个命，让他娶一个不会生孩子的女人，主管生育的爱西丝女神啊！我求求你了，让他娶的女人死掉，再娶一个不如她的，接着娶的一个不如一个，最后一个笑着把他送进坟墓；让他一辈子做五十回王八！好个爱西丝女神，求求你了，你可以不答应别的，哪怕是更重要的请求，但是这一回，求求你答应了吧！

伊拉丝　阿门，情爱的女神，听听下界人的祷告吧！要是看到安分守己的好人娶了一个荡妇会叫人心痛，那看到坏蛋没做王八不会更叫人心碎吗？所以爱西丝女神啊，赏罚都要一样公平嘛！

查迷艳　阿门。

亚勒萨　她们要我当王八，不惜自己先当婊子，不是这样吗？

（克柳葩上。）

伊拉丝　不要胡说八道，安东尼来了。

查迷艳　不是安东尼，是女王。

克柳葩　你们看见了主上吗？

伊拉丝　没有，娘娘。

克柳葩　他没有到这里来过？

查迷艳　没有，娘娘。

克柳葩　他本来还高兴的，忽然一下想起了罗马似的，就忧从中来了。艾诺巴！

艾诺巴　女王？

克柳葩　去把他找来。

（艾诺巴下。）

亚勒萨呢？

亚勒萨　在这里听候吩咐呢。主上来了。

9

（安东尼及信使上。）

克柳葩　我不想和他不期而遇，我们还是走开的好。

（众下，安东尼及信使除外。）

信　使　是富薇亚夫人先上战场的。

安东尼　打我的兄弟卢克旅？

信　使　是的，但是这一仗很快就打完了，形势需要他们联合起来打凯撒，但凯撒的优势兵力一下就把他们赶出了意大利。

安东尼　那不要紧。还有什么更坏的消息？

信　使　坏消息会连累说坏消息的人。

安东尼　只会吓倒傻瓜和胆小鬼。说下去吧，说实话即使会害死人，我也会像听好话一样听。

信　使　拉比纳这个消息可严重了：他带着帕西亚的大军在亚洲大事扩张，胜利的旗帜沿着幼发拉底河飘扬，从叙利亚到利第亚，一直到了艾奥尼亚，而——

安东尼　而安东尼，你是要说安东尼吧。

信　使　啊，将军！

安东尼　实话实说吧，不要拐弯抹角。在罗马，大家怎样说克柳葩，你就怎么说。富薇亚用怎样

　　　　的字眼指责我的错误，你也照样指责。只要
　　　　是说实话，我并不怕指责。等到我心平气和
　　　　的时候，才能拔掉心头的杂草，得到丰富的
　　　　收获。现在就说到这里吧。
信　使　那我就告退了。（下。）
　　　　（另一信使上。）
安东尼　西西庸有什么消息吗？说吧！
信使二　从西西庸来的信使——
安东尼　有那里来的人吗？
信使二　他在等候您的吩咐。
安东尼　叫他来吧。——（信使二下。）
　　　　埃及的锁链拘束太厉害了，我非挣脱不可，
　　　　否则就要沉沦在迷恋之中，难以自拔了。
　　　　（信使三送信上。）
　　　　你是什么人？
信使三　富薇亚夫人去世了。
安东尼　她在哪里去世的？
信使三　在西西庸，她的病情，还有其他重要的事，
　　　　信中都有详报。
　　　　（呈上书信。）

安东尼　你可以走了。

（信使三下。）

这一下可走了一个好样的人。她在世上，我巴不得她早点走，失掉了她，我却又懊悔了。眼前的欢乐转来转去，越转越远，最后转到了反面。她一走，我反而只看到她的好处。把她往后推的手反而把她推向前了。我一定得离开这个迷人的女王；像我这样沉迷不悟已经孕育了千差万错，远远超乎预料了。

（艾诺巴上。）

怎么样了，艾诺巴？

艾诺巴　主帅有什么吩咐吗？

安东尼　我得尽快离开这里。

艾诺巴　为什么？那不要害死这些娘儿吗？我们都晓得，稍微有点薄情都会要了她们的命；如果她们看到我们走了，那她们也就只剩下死路一条。

安东尼　我不得不走了。

艾诺巴　万不得已，就让娘儿们死了吧。虽然无缘无故抛开她们是太可惜了，但是为了争夺天下的大事，她们也就算不了什么啦！克柳葩只要听到一点风吹草动，马上就会死去活来！我见过她为了微不足道的小事都死过二十回了。看来生和死都是性的冲动。所以她总是要死要活的，死也快，活过来也快。

安东尼　她机灵得超过想象。

艾诺巴　哎，主帅，不是的。她们的爱情是最纯洁的细皮嫩肉中提炼出来的精品。我们不能把她们的叹息和眼泪比作和风细雨，因为她们哭得像狂风暴雨，打破了历书上的记录。这不能说是她机灵，而是像天神一般能呼风唤雨。

安东尼　但愿我从来没见过她才好。

艾诺巴　啊，主帅，那你就错过了天下的奇景，没有一饱眼福，即使游遍天下，也弥补不了这个损失。

安东尼　富薇亚死了。

艾诺巴　什么？

安东尼　富薇亚死了。

艾诺巴　富薇亚？

安东尼　死了。

艾诺巴　那么，主帅，你应该谢天谢地了。如果天神要掠夺一个人的妻子，那说明世界上还有好裁缝，旧衣服穿破了，还有人会做新的。假如世界上除了富薇亚没有别的女人，那你的损失真是无法弥补，你的确应该痛哭流泪，这样，你的悲痛才能得到一点肉体上的安慰。但是，你现在的损失得到的补偿却是一顶王冠。旧裙子穿破了换新的，那还有什么痛苦？要流眼泪，只消用洋葱刺激一下眼睛，也就够了。

安东尼　她在国内挑起的争端不能不由我去解决。

艾诺巴　那你在这里引起的纠葛，尤其是和克柳葩日日夜夜没完没了的纠缠，如果你不留下来，还有谁能解开这个死结呢？

安东尼　不要说开心话了。通知三军将士整装待发吧。我会去告诉女王匆促行军的原委，不只是富薇亚去世了，还有更加紧迫的理由催促我回罗马。国内的亲朋好友也都来信谈到钩心斗角、你死我活的争夺，催我赶快回去。小庞贝已经胆大妄为，向凯撒发起挑战，要统治海上的帝国。我们摇摆不定的公民很难赏罚分明，总是等到功成之后再补发迟到的奖赏。他们把对老庞贝的尊崇都转移到他儿子身上。小庞贝既有名望又有实力，还有更可贵的血统和家世，就屹立于天下，变成主力军了。这样扩张下去，罗马面面受敌，就要陷入危机。战马的鬃毛会变成咬人的小蛇，但在成长期间还没有酿成蛇毒。赶快去通知我麾下的三军将士，准备行装，待命出发，不得有误！

艾诺巴　得令。

（各下。）

第 一 幕

第三场

宫中另一室

（克柳葩、查迷艳、亚勒萨、伊拉丝上。）

克柳葩　安东尼在哪里？

查迷艳　我没有看到他。

克柳葩　（对亚勒萨）去看看他在哪里，和谁在一起，在做什么。不要说是我叫你去的。要是你看见他闷闷不乐，就说我在跳舞；要是他快活呢，就说我忽然得病了。快去快来。

（亚勒萨下。）

查迷艳　娘娘，我看要是你真心爱他，就不要用这种方法对他了，免得他也同样对你。

克柳葩　我有什么方法没有用过呢？

查迷艳　凡事让他三分，不要和他作对。

克柳葩　这是傻瓜说的话，照你说的去做，怎能不失掉他呢？

查迷艳　试探不能走得太远，我希望你能适可而止。让他害怕可能会使他觉得讨厌。

（安东尼上。）

说到安东尼，安东尼就来了。

克柳葩　我不舒服，非常难受。

安东尼　对不起，我要告诉你一个消息——

克柳葩　扶我走吧，好查迷艳，我怕要晕倒了，腰身支持不住啦。

安东尼　啊，我亲爱的女王——

克柳葩　请你离我远一点。

安东尼　出了什么事了？

克柳葩　一看你的眼睛就知道你得到了什么好消息。怎么？你的老婆说你可以回去了？要是她早就不允许你来多好！千万别让她说是我把你留在这里的。我对你哪有那么大的力量！

安东尼　那天神都知道得清清楚楚的。

克柳葩　唉！哪个女王受过这样大的骗！其实，从一开始，我就看出种下了祸根。

安东尼　克柳葩！

克柳葩　我怎么会相信你对我是真心实意的呢？——虽然你发的誓，连高高在上的天神听了都会动摇，你不是也骗过富薇亚吗？我真是傻得发疯了，居然被信口编造的誓言蒙在鼓里！其实，谎言一离嘴，就化为泡沫了！

安东尼　最可爱的女王——

克柳葩　要走就走，不要咬文嚼字来掩饰了；若是要留下来，那时你再字斟句酌吧。你不是说过吗：我的眼睛和嘴唇都闪耀着永不消失的光辉，我弯弯的眉毛蕴藏着无穷无尽的幸福，我一举手一投足都继承了女神的仙姿？我现在并没有改变，而你这个世上最伟大的英雄却摇身一变，成了说谎不脸红的大骗子。

安东尼　怎么啦，我的贵人？

克柳葩　要是我有你那样魁伟的身躯，你就会发现：埃及女王的雄心比起你来并无愧色。

安东尼　听我说，女王，时代的强烈需要使我不得不暂时去完成我的使命，但是我整个心灵还是留在你身边的。我的祖国正在闪烁着内战的刀光剑影，小庞贝已经兵临罗马的海港，而奥大维和雷必达双方又在进行势均力敌的自相残杀。当年遭到憎恨的第三方却在逐渐赢得爱戴：受过责备的小庞贝继承了他父亲的威望，迅速进入了权力的争夺战，他们人多势众，要清洗这日久生厌的太平世界，可能不择手段、不顾死活地来改变现状。和我特别相关，对你也大有影响，使我不得不去罗马的，是富薇亚死了。

克柳葩　年龄使我不再胡思乱想，难道还会相信富薇亚真的死了？

安东尼　真的死了，我的女王。如果你愿意亲眼看看这封信，信中就谈到了她引起的骚乱，以及最后的消息：她在什么时间、什么地方离开了人世。

克柳葩　啊！虚伪的爱情！你存放泪珠的水壶丢到哪里去了？现在我知道，从富薇亚的死，我可以预见到我死后你会怎么样。

安东尼　不要再争论了，请听听我的想法：我可以

	去，也可以留，一切以你的意见为准。在照耀着尼罗河岸的阳光之下，我现在发誓：离开你去打仗也好，讲和也好，我都是唯你之命是听的战士。
克柳葩	解开我的衣带，查迷艳，赶快！让它松开！我的病也像安东尼的爱情一样，来得快，去得也快。
安东尼	我的心肝宝贝，我的女王，请你给我一个机会，让我证明我的爱情是经得起任何考验的。
克柳葩	富薇亚的死已经告诉了我。我劝你回过头去为她痛哭，再来和我告别，说这些眼泪都是为埃及而流的吧。好了，再演一出绝妙的假戏，让它看起来是真情实意的流露如何？
安东尼	你不会再气得我血涌上来了。
克柳葩	你可以表演得更好一些，但就这样也可以了。
安东尼	现在，我用宝剑起誓——
克柳葩	还有盾牌。——他演得越来越认真了，不过，这还没有到头。瞧，查迷艳，这位顶天立地的罗马英雄是怎样泄气的。

安东尼　我要告辞了,女王。

克柳葩　彬彬有礼的将军,不要说客套话,你和我要分别了——不是这样说的,你和我相爱过——这也不是我要说的,你知道我要说什么。我要说的是:啊,我的记性也成了一个安东尼,他把我完全忘掉了。

安东尼　假如你不是高贵的女王,我就要以为你是在无事生非,夸夸其谈了。

克柳葩　这样的夸夸其谈压在我的心上,压得我汗流如雨,简直受不了啰。不过,将军,原谅我吧,既然我的性情似乎不讨你喜欢,天下大事又在召唤你回罗马,那就不必理会我这微不足道的痴心妄想吧。但愿天神保佑你的宝刀永远为你赢得胜利的桂冠,鲜花盛开的阳关大道永远伸展在你一帆风顺的脚下!

安东尼　我们走吧。我们的别离难舍难分,你虽然身在埃及,心却随我去了罗马;我虽然要漂洋过海,却永远也离不了你。走吧!

(同下。)

第 一 幕

第四场

意大利首都罗马

（奥大维·凯撒读信,雷必达及侍从上。）

凯　撒　雷必达,你可以看得出来,从此以后,你会知道:不是我凯撒的气量小,容不下我们这位伟大的伙伴。从亚历山大传来的消息说,他钓钓鱼,喝喝酒,整夜的时光花费在灯红酒绿之中。看起来他比克柳葩还更不像男子汉,托勒密王朝的女王也不比他更女人气。他很少接见使臣,也不屑考虑我们这两个伙伴。你可以发现他身上有一切错误的表现,不管什么过失,也总有他一份。

雷必达　我想他的缺点还是掩盖不了他的优点。他的过失就像夜空中的星光,因为天空太暗而星光显得更加明亮;他的错误是先天的,是人人生而有之,而不是后天的,不是学而得之,是他无法改变,而不是他主动选择的。

凯　撒　你对他太宽容大度了。怎么看他在托勒密女王床上寻欢作乐,为了片刻的淫乐而失掉一个王国,和下流人在一起开怀畅饮,光天化日之下放浪形骸之外,和一些不三不四、满身汗臭的人打打闹闹,成何体统!——怎能不玷污他当年的英雄名声?——更不可原谅的,是他的轻浮行为加重了我们肩上的重担。如果他饱食终日,无所事事,精神松散,那是他自己的事。但是在战鼓声中,他却游手好闲,浪费光阴,危及他自己的也是我们的国土,那就不可原谅了。就像成熟的青年把知识和经验都浪费在吃喝玩乐上,能不受到批评和申斥吗?

(一使者上。)

雷必达　又有消息了。

使　者　尊贵的凯撒，你的命令都已执行，都会按时向你报告外边的情况。庞贝在海上的势力扩大，看来害怕凯撒的人、不满现状的人，都去海港投奔他，拥戴他这个受了亏待的人。

凯　撒　我早就该料到这点。从古到今的教训都是：大家对成功之前的人满怀希望，成功之后却又总是失望，而对不合潮流、毫无价值的人，反而会表示欢迎，仿佛是物以稀为贵似的。群众就像水上的浮萍一样随波逐流，最后化为一片泥浆。

（另一使者上。）

使者二　凯撒，我带来了海盗的消息：曼克拉和迈纳这两个著名的海盗，他们的大小船只在海上兴风作浪，为非作歹，对意大利沿岸进行骚扰，居民无力自卫，胆大妄为的年轻人趁火打劫，船一出海，就会受到拦截。只要打着庞贝的旗号，不动手就到手了。

凯　撒　安东尼啊，离开你的酒色淫乐吧！不要忘了当年你杀了赫西亚和潘萨两个执政之后，被赶出了摩地那，还得迎战接踵而来的饥荒——虽然你从前过的是好日子，那时你却受苦受难，过着比野人还不如的生活。你喝的是马尿，吃的是野兽剩下的渣滓。你的舌头尝过荆棘丛中苦涩的野果。不错，你还像野鹿一样在铺天盖地的白雪中啃过树皮，在阿尔卑斯山上，据说你还尝过腐烂的尸体，听的人都会大惊失色，而这一切——提起来都怕会丢你的脸——但在当时，你却坚忍不拔，甚至没有面黄肌瘦。

雷必达　可惜今天大不同了。

凯　撒　但愿他能幡然悔悟，回到罗马；现在是我们双方准备对敌作战的时候了，让我们赶快开会商量对策吧。若再松懈，庞贝正好乘虚而入，乘机发展壮大呢。

雷必达　凯撒，明天我就可以准确地告诉你：我在海上和陆地上可以拿出多少兵力来对付这紧急的情况。

凯　撒　这也是我在会战前要做的事。明天再见吧。

雷必达　明天再见，凯撒。如果你知道了对方有什么情况，请一定要告诉我。

凯　撒　那还消说？理所当然。

（各下。）

第一幕

第五场

亚历山大宫中

（克柳葩、查迷艳、伊拉丝及太监马蒂安上。）

克柳葩　查迷艳！

查迷艳　娘娘。

克柳葩　哈哈，给我一杯曼陀罗汁。

查迷艳　怎么了，娘娘？

克柳葩　我要用睡眠来填满这空白的时间。因为我的安东尼走了。

查迷艳　你太想念他了。

克柳葩　啊，不想念就是犯罪。

查迷艳　娘娘，哪有那么厉害？

克柳葩　太监，过来！

马蒂安　娘娘有什么吩咐？

克柳葩　我现在不要听你唱赞歌。你赞美的恰恰是太监所没有的：这样也好，既然净了身子，思想也就干净，不会飞出埃及去了。你有感情吗？

马蒂安　哪敢没有，娘娘！

克柳葩　当真？

马蒂安　娘娘，假男人怎敢冒充真男人？不过，男人的感情还是有的，也会想到战神和爱神的故事啊。

克柳葩　啊，查迷艳。你想，现在他在哪里？是站着还是坐着？在赶路还是骑马？啊，幸运的战马！你背负着的是半壁江山，是全身金甲的战神，他在大声疾呼，还是低声密语，呼唤着"尼罗河的花蛇"？他就是这样称呼我的。这是最恩爱、最甜蜜的毒药。想象太阳神给我全身贴上黑黝黝的色彩，时间给我刻上看不见的皱纹。方脸大耳的老凯撒把我当作王国的珍宝，伟大的庞贝圆睁环眼，目光盯在我身上，情焰中烧，仿佛终生要在我身上抛锚似的。

（亚勒萨奉安东尼之命上。）

亚勒萨　奉命来向埃及女王致敬！

克柳葩　你多么不像马克·安东尼啊！然而你是从他身边来的，身上一定沾了他的光。我勇敢的马克·安东尼怎么样了？

亚勒萨　他最后做的一件事，敬爱的女王，就是在翻来覆去的亲吻之后——最后还吻了这颗贴在心上的东方明珠。

克柳葩　我的耳朵一定要把它摘下来做耳环。

亚勒萨　他对珍珠说："亲爱的好朋友，你去把罗马大将坚定如山的雄心壮志凝结成爱情，献给伟大的埃及女王吧！告诉她我还要为她珠光宝气的王座增光添彩，献上一些光芒四射的王国，使整个东方都对她俯首称臣。"然后他庄严地点点头，跨上了他能征惯战的骏马，他的坐骑也发出长嘶，把我要说的话都淹没在它那雷鸣电掣般的啸声中了。

克柳葩　你看他是悲是喜？

亚勒萨　就像是盛夏和寒冬之间的季节，他悲喜都不形于色。

克柳葩　悲喜都能平分秋色！你听，你听，好查迷艳！这才是男子汉大丈夫的本色：你看他不能悲，因为在察言观色、一言一行都亦步亦趋的人群中，他要显得威风凛凛；他也不能显得太乐，因为他要表现出对埃及的留恋感情，所以他只能让悲喜平分秋色，混合得天衣无缝，仿佛是妙手天成！其实，你喜可以使四海翻腾，怒又可以惊天动地。对你来说，喜怒无不相宜，使人无可比拟。——你见到我的信使没有？

亚勒萨　啊，娘娘，见到过二十多个。为什么派这么多人？

克柳葩　在我忘了给安东尼写信的日子里出生的人，一定会穷得当乞丐。——查迷艳，拿信纸和墨水来！——好亚勒萨，欢迎你回来！——查迷艳，我有没有这样爱过老凯撒？

查迷艳　啊，勇敢的老凯撒！

克柳葩　你再这样夸老凯撒就会咽气了，说勇敢的安东尼！

查迷艳　啊,英雄的老凯撒!

克柳葩　爱神在上,我要打得你牙齿流血,如果你再把老凯撒和我的安东尼这样对比的话!

查迷艳　万望娘娘恕罪,我不过是跟着娘娘唱从前的老调而已。

克柳葩　那时我年幼无知,情窦未开,所以才会说出那些话来。现在去吧,给我把信纸和墨水拿来。我要他一天收到我几十封信,即使把全埃及的人都派去送信也不在乎。

(下。)

第 二 幕

第一场

西西里庞贝府中

（庞贝、曼克拉与迈纳上。）

庞　贝　老天有眼，得道怎不多助？

曼克拉　尊贵的庞贝，你要晓得：晚到并不等于不到。

庞　贝　我们拜倒在天神座前，希望反倒是渺茫了。

曼克拉　也许我们自己都不知道，我们想要得到的，其实对我们弊大于利；那么，老天不答应我们的请求，反倒是利大于弊了。

庞　贝　我不担心不会成功：老百姓拥护我，大海已经是我的天下；我的力量像新生的月亮一样充满了希望，一定也会变成一轮满月光照天下的。马克·安东尼在埃及吃喝玩乐，哪里肯出国门来打仗？凯撒只关心钱财，却失去了人心。雷必达两面逢迎，虽然两边都说他好，其实哪一边也不喜欢他。

迈　纳　凯撒和雷必达都带领大军，要上战场了。

庞　贝　你从哪里知道的？这个消息靠不住。

迈　纳　是西尔维说的，主帅。

庞　贝　他是在做梦吧。我知道他们正在罗马等安东尼哩。下流的克柳葩，用甜言蜜语留住他吧；用美色和魅力来煽动他的情欲，让这个好色之徒沉醉在情场上，让他酒迷心窍；让脍炙人口的美味来刺激他的胃口，让他永不知足吧；让床笫之欢、酒宴之乐使他忘了胜利的光荣，永远沉浸在忘河之中吧！——

（瓦略斯上。）

怎么了，瓦略斯？

瓦略斯　我来报告一个确实的消息：罗马时时刻刻都在等待安东尼，从他离开埃及的日子算起，他该到罗马了。

庞　贝　这是我最不愿听到的消息。想不到这个情场老将居然穿戴盔甲来打这场小小的战争了。他的本领高强，那两位加起来还抵不上他一半。这一下可是抬高了我们的身价。我们的动作居然把沉迷酒色的安东尼从埃及妖妇的怀抱里拉出来了。

迈纳　我不相信凯撒和安东尼会真心合作；他死了的妻子对不起凯撒，他的兄弟又和凯撒动过刀兵，虽然那并不是安东尼的主意。

庞贝　迈纳，我不知道他们之间的恩怨会不会因为对我们的敌意而化解。要不是我向他们挑战，他们三个之间本来也会打起来的。因为他们彼此敌视，不动刀兵恐怕不能解决问题。他们对我们的恐惧反而化解了他们之间的分歧，让他们三个联合起来对付我们了，这点我倒还没料到。老天愿意怎样就怎样吧。我们的生死成败到底还是由我们自己的力量来决定的。走吧，迈纳！

（同下。）

第 二 幕

第二场

罗马雷必达府中

（艾诺巴与雷必达上。）

雷必达　艾诺巴，做个好人吧，如果你能劝说你的主帅采取温和的态度，那就立大功了。

艾诺巴　我会劝他照常行事的。要是凯撒使他生气，他就会目空一切，发出战神的杀声。假如安东尼的胡子长在我脸上，我今天也不会刮脸的。

雷必达　个人恩怨，要以大局为重。

艾诺巴　但也不能错过时机。

雷必达　事有大小轻重。

艾诺巴　轻重也有缓急不同。

雷必达 你在感情用事,但是请你不要煽风点火。尊贵的安东尼来了。

(安东尼与闻梯迪上。)

艾诺巴 那边凯撒也来了。

(凯撒、梅塞纳、亚格帕上。)

安东尼 要是我们在这里不能解决问题,闻梯迪,你就去中东吧。

凯 撒 梅塞纳,我不知道。你去问亚格帕好了。

雷必达 尊贵的朋友们,我们到一起来商量大事,不要让小事干扰了我们。如果有什么不合意的地方,希望能耐心听下去。如果为了小分歧而引起大争论,那就不是治病救人,而是把轻伤治成重伤了。因此,高贵的战友们,我诚心诚意地请求你们,要用温和的字眼谈尖锐的问题,不要让小事化大就好。

安东尼 说得好,即使我们率领大军冲锋陷阵,也都应该这样。

凯 撒 欢迎你来罗马。

安东尼 谢谢。

凯 撒 你好吗?

安东尼　你好，你好。

凯　撒　不客气。

安东尼　听说你对有些事情看不顺眼，其实那是些合情合理的事情，虽然你看不惯，其实和你并没有什么关系。

凯　撒　假如我无缘无故，或者小题大做，就看什么都不顺眼，那不是闹笑话么！尤其是对世上少有的你，我怎么会这样失敬，在与你无关的事情上说三道四呢？那不是要闹更大的笑话么！

安东尼　我在埃及，凯撒，那和你有什么关系？

凯　撒　就像我在罗马和你没有关系一样；不过，如果你在那里策划要推翻我，那就不能说和我没有关系了。

安东尼　你说策划，那是什么意思？

凯　撒　只消看看这里对我发生的事就明白了。你的妻子和兄弟都和我打仗，而他们起兵的理由都是为了你，你就是他们打仗的口号。

安东尼　你没有搞清楚事情的真相，我的兄弟并不是为了我才跟你打仗的。我了解的情况是从和你交锋的对手那里得来的可靠消息。我的兄弟不单是向你的权力挑战，也是向我挑战。我们不是同在罗马当权的人吗？关于这点，我在给你的信上已经说过。如果你要惹是生非，那得找个更充足的理由，光靠这一点是站不住脚的。

凯　撒　你太自作聪明，东拼西凑，编造借口，但也未免小看对方了吧。

安东尼　不是这样的，绝不是这样，我知道，我敢肯定，你一定知道我们是干大事的合作伙伴，我的兄弟反对我们的共同事业，他反对你也就是反对我，我怎么可能怂恿他来反对我自己呢！至于我的妻子，我只希望你也能见识到一个这样泼辣的女人。虽然我们三分天下，对三军发号施令，却休想要她俯首听命。

艾诺巴　要是我们都有这样的老婆，我们的军队就更强大了！

安东尼　凯撒，她这样自以为是，不听人言，为所欲为——还会精心算计——我不得不承认给你

　　　　　带来了危害。关于这点，我只能说我对你是力不从心了。

凯　撒　我给你写了信，你在亚历山大狂饮烂醉，根本就不看信，并且不肯接见使者，就要打发他走。

安东尼　咳，他不等通报就擅自进来，我刚宴请了三个国王，醉醺醺的，这点我第二天就和他说明了，这不等于道歉吗？所以不要谈这个人的事了，要争论也轮不到他头上。

凯　撒　你违背了你发誓要遵守的条款，但我却没有违反过誓约。

雷必达　凯撒，不要说得太重了。

安东尼　不，雷必达，让他说下去，他现在谈到的和我的名誉有关，他说我违背了誓约。说吧，凯撒，我违背了什么条款？

凯　撒　你答应过要支援兵力和财力，但却什么也没有支援。

安东尼　那只不过是疏漏而已。在我心不在焉的时候，我也不能主宰自己的心意。我现在答应尽可能弥补，我这样老实说，并不是说我没有力量，自然，有力量也不能不老实说。事实是富薇亚要我从埃及回罗马，就在这里打起仗来。她为了我发动了我不知情的战争，为了这点，我可以毫无愧色地向你鞠躬道歉。

雷必达　说得不失大将风度。

梅塞纳　请二位不要旧事重提，伤了和气！不如抓住眼前的时机，弥补过去的失误吧。

雷必达　说得好，梅塞纳。

艾诺巴　对，如果目前二位能够重修旧好，等到庞贝销声匿迹之后，如果你们闲得无事，那时再来打嘴仗也不迟。

安东尼　你只知道打仗，不要多说了。

艾诺巴　有理不在多言，我几乎忘记了。

安东尼　你说话不分场合，所以不要多说了。

艾诺巴　那好，我就做个会想不会说的哑巴吧。

凯　撒　他说话的内容并不错，只是说话的措辞不太好。我们的所作所为如此不同，怎能长期友好相处呢？但是，如果有什么紧箍咒能把我们紧紧箍在一起，哪怕走遍天下，我也愿去寻找。

亚格帕　我说一句好吗，凯撒？

凯　撒　说吧，亚格帕。

亚格帕　你有一个同母的妹妹，人人夸赞的奥大薇亚，而伟大的马克·安东尼现在又是鳏夫。

凯　撒　不要这样说，亚格帕，要是克柳葩听见，你可要吃不消啦！

安东尼　我还没有结婚，凯撒，我倒想听亚格帕说下去。

亚格帕　要使你们永远友好，结成同心协力的兄弟，那就需要牢不可破的联系，这个联系就是奥大薇亚。如果安东尼娶她为夫人，她的美貌配得上盖世英雄，她的贤德风度也无人能及，如果你们结为夫妻，那无论多大的猜疑都会显得微不足道，对危险的恐惧也会化为乌有。今天的流言蜚语成了令人半信半疑的事实，将来的事实却会胜过流言蜚语。她的爱会成为你们的互爱，并且带来大众的热爱。请原谅我的妄言，这并不是心血来潮想到的话，而是处心积虑的肺腑之言。

安东尼　凯撒意下如何？

凯　撒　那要先听听安东尼的高见。

安东尼　不知道亚格帕说的话有多大的力量？如果我说，就照他说的办吧。

凯　撒　那他说的也就等于凯撒说的。凯撒还可以为他的妹妹奥大薇亚做主。

安东尼　这样好的主意，又说得这样好听，梦里听到都会高兴。让我们携手推进这件好事，从现在起，兄弟加友情就要弥漫我们远大的前途了。

凯　撒　我要亲手把妹妹交托给你，我们的兄妹关系是无人不知的，让她把我们的王国和我们的心紧紧地联系在一起，永远不分开吧！

雷必达　这真是天作之合了，阿门！

安东尼　不过，我暂时不能对庞贝动武，因为，说也奇怪，他最近对我非常客气，我不能让人说我太不通人情了。但是事过之后，我就可以改变态度了。

雷必达　时间不能等人，你不先下手，庞贝就要动手了。

安东尼　他现在在哪里？

凯　撒　在密西那一带。

安东尼　他在陆上有多少兵力？

凯　撒　兵多势大，并且越来越大，海上更有绝对优势。

安东尼　他的名声的确很大。我们早商量商量就好了。不过，现在也不算晚，而在披挂上阵之前，是不是先把刚才说的大事办了更好？

凯　撒　那是再好没有的了。现在就请你去和我妹妹见面，我来带路。

安东尼　雷必达，这件大事当然少不了你。

雷必达　高贵的安东尼，我就是生了病也不能不去呀！

（鼓乐齐鸣。众下。艾诺巴、亚格帕、梅塞纳留场上。）

梅塞纳　老兄，欢迎你从埃及回来。

艾诺巴　梅塞纳，你是凯撒的心腹；亚格帕，你是我的好朋友。

亚格帕　好一个能说会道的艾诺巴！

梅塞纳　事情解决得这样好，可真叫人高兴。你在埃

43

及过得好吧?

艾诺巴　哎,老兄,我们睡得不和太阳见面,醉得通宵灯红酒绿。

梅塞纳　一顿早餐八只烤猪,只有十二个人吃。是真的吗?

艾诺巴　这只是老鹰头上的小苍蝇,我们真是吃得天昏地转。

梅塞纳　如果传闻属实,她真是个征服普天下男子汉的女王了。

艾诺巴　她第一次在西德诺河上见到安东尼,就俘虏了他的心。

亚格帕　那说她给爱河增光添彩,也不算过分了。

艾诺巴　我可以告诉你们:女王坐的画舫就像金光闪闪的宝殿;舵楼金碧辉煌,紫帆飘着异香,引得风也害起相思病来;银桨击水,为笛声打拍子,使得痴心的水波追随不舍。至于女王,那简直没有文字可以形容,她斜卧在金色锦缎制成的天帐之下,比巧夺天工的维纳斯女神像还更美三分;她两旁站着几个可爱的童子,脸上露出笑笑的酒窝,就像没有翅膀的小爱神，手里拿着五彩缤纷的羽毛扇，扇出一阵阵清风，本来要让她柔嫩的脸颊感到凉爽，结果却使她的脸色越发娇艳绯红了。

亚格帕　安东尼真是大饱眼福啰。

艾诺巴　她的侍女都打扮成美人鱼，一举一动都要留神她的眼色，看得使人眼花缭乱，觉得美不胜收。舵手打扮成海上女神，如花似玉的纤手掌握着丝织缆索，灵活自如地辗转前进。画舫中散发出看不见的扑鼻异香，弥漫着河滨两岸。男女老幼都倾城出动来看女王，而安东尼一个人坐在宝座上，在空无一人的广场上吹着口哨，空气如果能够离开空间，也会飞去看女王的，那就要在广场上留下一片天然的真空了。

亚格帕　真是举世无双的绝代美人！

艾诺巴　她一上岸，安东尼就要请她共进晚餐，她回答说：如果他愿意做她的嘉宾，岂不更好？彬彬有礼的安东尼从来不会让美人听到一个"不"字，他修脸整容比平常多花了十倍时

　　　　间才去赴宴，而且按照他的老规矩，为了回报他饱看的眼福，他付出的代价是一颗毫无保留的爱心。

亚格帕　真是一个出卖王家色相的婊子！她使老凯撒放下了宝剑，来上她的宝床，让他耕耘，却由她来收获。

艾诺巴　我有一次看见她在大庭广众之下，漫漫长街之上，蹦蹦跳跳，跳了四十多步，跳得气喘吁吁，说话上气不接下气，但却说得如此美妙动听，使缺点都变成了优点。气喘吁吁也变成香汗淋淋、甜言蜜语了。

梅塞纳　不过，这次安东尼可得和她一刀两断了。

艾诺巴　不会的，他怎么舍得呢？年龄不会使她衰老，她的习惯也不是老一套，而是花样翻新的。食色，性也。别的女人一吃就饱，她却使你越吃越饿，越想再吃，永远不会满足。她本身就是风情，连神圣的祭司也不得不祝福这个上帝亲手制造的天生尤物。

梅塞纳　如果美丽、智慧、贤德是三女神的灵丹妙药，那奥大薇亚就是万里挑一的治病良方了。

亚格帕　我们走吧。好样的艾诺巴，如果你不嫌弃，就请到我家去吧。

艾诺巴　我很乐意，老兄，谢谢你了。

（同下。）

第 二 幕

第三场

罗马凯撒府中

（安东尼、凯撒、奥大薇亚——在二人中间——上。）

安东尼　世界大事和天降的重任使我有时不得不离开你的怀抱。

奥大薇亚　那时我会屈膝长跪神前，为你祈祷。

安东尼　再见，凯撒。我亲爱的奥大薇亚，不要听信世人对我说长道短，我过去有时也许不守规矩，不合方圆，不过从今以后，一切都会合乎规矩的，请你放心好了。再见，亲爱的。

奥大薇亚　再见。

凯　撒　再见。

（凯撒与奥大薇亚下。）

（算命术士上。）

安东尼　喂，老兄，你想回埃及吗？

术　士　但愿我从来没有离开过埃及，最好是你从来就没去过。

安东尼　你知道我愿意留在埃及，为什么这样说？

术　士　我只看人行动，不听人说什么。你还是赶快回埃及去吧！

安东尼　告诉我，现在谁走好运，是凯撒还是我？

术　士　是凯撒。因此，安东尼啊，不要和他站在一起了！在没有凯撒的地方，保佑你的天使高高在上，高贵，勇敢，无人能及，无人可比。但是一到凯撒身边，你的天使就受惊了，仿佛被人压得低了一头。因此，保持你和凯撒之间的距离吧！

安东尼　不要再说了。

术　士　我对别人不说，对你可不得不说。如果你要和他赌运气，那你一定会输，即使你的本钱再多，你也会输给他。在他光芒万丈的地方，你的光焰就暗淡了；我再说一遍：保佑你的天神在他面前不能发挥作用，他一离开，你的天神就大放光明了。

安东尼　你走吧。告诉闻梯迪，我有话要跟他说。

（术士下。）

我要他到中东去。不管这个术士说的是真是假，还是在碰运气，似乎也有点道理。连掷骰子也都是凯撒赢。打起赌来，我的手气总是不如他的运气。如果我们抽签或者赌牌，他的小牌也能赢了我的大牌。我还是回埃及去吧，虽然为了天下太平，我结了这门亲事，其实，我的乐趣还是在东方啊！——闻梯迪来了。

（闻梯迪上。）

你得到中东去。任务已经确定，跟我来，你就领命出发吧。

（同下。）

第二幕

第四场

同前　街道

（雷必达、梅塞纳与亚格帕上。）

雷必达　请你们不必送我了,还是催你们的主帅快点启程吧。

亚格帕　将军,等马克·安东尼吻别奥大薇亚之后,我们会立刻出兵的。

雷必达　等你们全副武装之后再见,那你们二位一定更加威风了。再见!

梅塞纳　根据路程来估计,雷必达,我们会比你早到海岬的。

雷必达　你们的路更近,我的任务要绕远路,你们可以比我早到两天。

双　方　祝你们胜利！

雷必达　再见！

　　　　（各下。）

第 二 幕

第五场

亚历山大宫中

（克柳葩、查迷艳、伊拉丝及亚勒萨上。）

克柳葩　奏乐！对于我们这些做爱情生意的人来说，音乐是消愁解闷的灵丹妙药。

侍　从　遵命。奏乐！

（太监马蒂安上。）

克柳葩　不要奏乐了，还是打弹子吧。来，查迷艳！

查迷艳　我胳膊痛。最好还是和马蒂安玩吧。

克柳葩　女人怎能和太监玩呢？那还不如和女人玩了。算啦，马蒂安，来吧，你能和我玩吗？你能算个男人吗？

马蒂安　我只能算半个男人，娘娘。

克柳葩　你是心有余而力不足，演不出男人的戏也就罢了。我现在又不想打弹子，拿钓竿来，我们到河边去钓鱼吧。让音乐把远处的鱼都引来上钩，我要用弯弯曲曲的鱼钩，钓那些油腔滑调的金鳞鱼，每钓上一条就像活捉了一个金盔银甲的安东尼，我会对他说："哈哈，你再滑也逃不脱我的钓钩。"

查迷艳　有趣的是，你还和他打赌呢，他不知道你要人潜水把一条咸鱼挂在他的钓钩上，他钓起来还洋洋得意呢！

克柳葩　那时真个好笑！我笑得他忍不住要发脾气了，但是夜里在床上，我又笑得他忍住了他要发泄的阳气。第二天一早不到九点钟，我灌得他醉倒在床上，穿了我的凤冠霞帔，我却披上他的金甲，拿起他的银剑——

（使者上。）

啊，意大利来的，把你的好消息一锤子锤进我的耳朵吧，我已经是久旱待甘雨一般等着这一锤子锤进我的身体呢。

使　者　娘娘，娘娘。

克柳葩　安东尼死了吗？如果你这样说，该死的，你就害死你的女王了。如果你说他平安无事，自由自在，我就赏你黄金白银，让你吻我的手，这是国王才有的福气啊，而且连国王吻手都会高兴得颤抖呢！

使　者　娘娘，首先我要禀告：他很平安。

克柳葩　那好，赏你黄金。不过，我们不是也说人一死就平安无事了？如果你说的是那个意思，那我就要把金子熔成水，灌进你这报忧不报喜的喉咙了。

使　者　好娘娘，请听我说。

克柳葩　好，说吧，我听着呢。不过，安东尼要是自由自在的话，带消息的脸孔怎么会这样不自在呢？这样一张愁眉苦脸怎么会带来好消息？如果消息不好，你就不该是个平常的人，而该是张复仇女神的脸孔，每根头发都该是一条毒蛇呀！

使　者　请听我说好吗？

克柳葩　你还没说，我就想先打你一顿。只要你说安东尼还活着，那就很好；如果你说他和凯撒

　　　　　做了朋友，没有被关起来，那我就要赏你金银珠宝，像下大雨或下冰雹一样。

使　者　娘娘，他很好。

克柳葩　说得好。

使　者　和凯撒也很好。

克柳葩　你是个老实人。

使　者　凯撒对他比以前更好了。

克柳葩　我要让你发财。

使　者　不过，娘娘——

克柳葩　我不喜欢听"不过"，它会减轻好话的分量。去你的吧，"不过"！"不过"是个监牢看守，后面跟着的总是个罪犯。你要是个好样的，就把你要说的话一下吐出来吧，不管好话坏话我都要听。你说他和凯撒做朋友了，你说他身体好，自由自在——

使　者　自由，娘娘？不，我没有说。他和奥大薇亚一起，不自由了。

克柳葩　怎么又反过来了？

使　者　他们是在床上翻过来覆过去的。

克柳葩　我的脸发白了，查迷艳。

使　者	娘娘,他和奥大薇亚结婚了。
克柳葩	闭住你的毒嘴!
	(把使者推倒在地上。)
使　者	好娘娘,请不要生气!
克柳葩	你说什么?
	(又打使者。)
	滚开,万恶的坏蛋!你不走,我要挖出你的眼睛,揪掉你的头发。
	(把使者推来拉去。)
	我要用铁丝鞭抽你,用盐水泡你,用酸液浸你!
使　者	娘娘开恩,我只是传消息,不是我要他们结婚的呀!
克柳葩	说事情不是这样的,我就赏你一大块地盘,给你一大笔财产。
	你挨了打,谁叫你惹我生气的!我会给你大大的补偿。
使　者	不过,娘娘,他是结了婚呀。
克柳葩	坏蛋,你不想活了。
	(拔剑。)

使　者　哎呀！我要逃命了。娘娘这是什么意思？我没有说错呀！

（下。）

查迷艳　好娘娘，克制一点吧，这个人没有罪啊。

克柳葩　没罪的人也免不了天打雷劈。让尼罗河淹没埃及的半壁江山，让老实人都变成毒蛇吧！叫那个奴才回来，虽然我发了疯，我不会咬他的。去叫他来吧！

查迷艳　他不敢来。

克柳葩　我不会伤害他的。

（查迷艳下。）

我这双手还不会失身份去打一个地位低下的奴才，何况过失是我自己造成的。

（使者随查迷艳上。）

过来，老兄，虽然你是个老实人，做事也老老实实，但是带坏消息总不是件好事。是好消息不妨千言万语，是坏消息最好不言自明，让人感觉得到。

使　者　我不过是尽责而已。

克柳葩　他结婚了吗？

使 者 他结婚了,娘娘。

克柳葩 天神要惩罚你了,要是你还坚持这样说的话。

使 者 娘娘要我说谎吗?

克柳葩 我多么希望你说的是谎话啊!让尼罗河淹没半个埃及,让河岸都变成毒蛇窝吧!去,滚你的蛋!即使你美如天仙,在我看来,你也只是个丑八怪。他结婚了!

使 者 敬请女王原谅。

克柳葩 他结婚了?

使 者 娘娘,不要见怪,我并不敢冒犯。你要我说,我说了又怪我,这未免不太公道吧。他是和奥大薇亚结婚了。

克柳葩 他的错使你自己都不知道就变成罪人了。滚出去吧!你从罗马带来的货物太贵了,我买不起,也太沉重了,让它压在你身上把你压垮吧!

查迷艳 好娘娘,忍耐一点吧!

克柳葩 我从前抬高安东尼抬得太多,把老凯撒贬得太低了。

查迷艳 娘娘,多得数不胜数。

克柳葩　现在得到报应了。带路回去吧,我要晕倒了!啊,伊拉丝,查迷艳!这不要紧。好亚勒萨,快去找那个使者,问他奥大薇亚是什么模样?多大年纪?喜欢什么?不要忘了问她头发是什么颜色。快去快回!——

(亚勒萨下。)

不要回来也罢!查迷艳,让他把她说成恶魔也好,说成战神也好。——(对伊拉丝)你去叫亚勒萨不要忘了问她有多高。——我不行了,查迷艳,不要说话,带路回寝宫吧。

(同下。)

第 二 幕

第六场

意大利南部海港密塞那

（号角齐鸣，庞贝从一方上；另一方击鼓吹号，凯撒、雷必达、安东尼、艾诺巴、梅塞纳、亚格帕、迈纳领队伍上。）

庞　贝　我有你们的人质作保证，你们也有我的人质，那我们就先开口，后开战吧。

凯　撒　说得好，让我们先动嘴，后动手。我们已经送上了书面建议，不知道能不能平息你的怨气，放下你的宝剑，让这些身强力壮的年轻人回到你们西西里去，免得死无葬身之地呢。

庞　贝　对于你们三分天下、鼎足而立的擎天柱，天

　　　　神的代言人，我要说的是：老凯撒给布鲁达谋杀之后，你们在菲力比打败卡协斯为他报了仇。为什么我父亲就没有儿子和朋友为他报仇呢？为什么文弱的卡协斯要谋杀老凯撒？为什么人人尊敬的布鲁达，还有那些武装的群众、热爱自由的人士，要血染元老院呢？还不就是为了人中人不能篡夺人上人的权位？所以我要兴师问罪，征服怒涛汹涌的海洋，来惩罚忘恩负义、对不起我父亲的罗马。

凯　撒　慢慢来吧！

安东尼　庞贝，不要用海军来虚张声势！我们可以在海上见个高低。至于陆地上，你知道我们有压倒性的优势。

庞　贝　在陆地上，你的确仗势霸占了我父亲的房产。既然斑鸠不会筑窝，那就让鸠占鹊巢吧。

雷必达　请你告诉我们——这是今天的主要问题——你如何答复我们提出的建议。

凯　撒　这是主要的。

安东尼　我们不是求你。这是值得认真考虑,应该接受的。

凯　撒　如果你要冒险碰碰运气,那就要想到严重的后果。

庞　贝　你们建议西西里和萨丁尼亚这两个岛归我统治,负责清除海盗,还要输送小麦给罗马,这样就可以兵不血刃,各自收兵了。

凯　撒、安东尼、雷必达　这是我们的建议。

庞　贝　听我说,我来这里会见你们,本来是打算接受你们的建议的,但是马克·安东尼太不讲人情。提起这件事,你们也许会说我太计较,不过,我还是要对安东尼说,在你兄弟对凯撒动兵的时候,你母亲到西西里来,我对她可是热情招待的啊。

安东尼　这事我听说过,庞贝,并且正准备对你表示衷心的谢意呢。

庞　贝　那让我们握手言欢吧,将军。

（庞贝和安东尼握手。）

那时我可不是为了今天的欢聚才款待你母亲的啊。

安东尼　东方的床笫是温柔多情的，要不是你催我，我本来是不会离开那个安乐窝的。现在反而是得多于失了。

凯　撒　上次见面之后，你的脸孔似乎变了。

庞　贝　唉，我也不知道严酷的命运在我脸上刻下了多少印痕，但印痕永远不会进入我的内心，使我成为厄运的奴仆。

雷必达　这次真是幸会。

庞　贝　但愿如此，雷必达。既然大家同意，我看协议可以写成文字，盖上印章如何？

凯　撒　这是下一步的事。

庞　贝　分别之前，让我们欢宴几次吧。现在就来抽签，看看谁先做东？

安东尼　我先来吧，庞贝。

庞　贝　不，安东尼，还是抽签的好，不管你做东先后，埃及的烹调是天下闻名的。听说老凯撒在埃及都吃胖了。

安东尼　你听到的很多。

庞　贝　但都是好意的。

安东尼　那也是好话啰。

庞　贝　那都是听说的。我还听说亚坡罗托——
艾诺巴　不用说了,是有那一回事。
庞　贝　是什么事?你说说看。
艾诺巴　把某一个裸体的埃及女王包在毯子里献给老凯撒。
庞　贝　你真是见多识广,能说会道。怎么样,勇士?
艾诺巴　你说得对,不但能说,而且能吃,眼前就有四顿盛宴,可以大饱口福了。
庞　贝　我们握手吧。我从来没有把你看成对头,虽然我们在战场上对打过,你还真是一把好手呢。
艾诺巴　将军,我不敢说我喜欢过你,但是我对你的钦佩,现在还没有说出十分之一的心里话。
庞　贝　你真是有什么说什么,谁也不好怪你。请大家上我的战船吧,由我做东,大家请吧!
凯　撒、安东尼、雷必达　请领路吧,将军。
庞　贝　请随我来。

　　　　（众下。艾诺巴、迈纳留场上。）
迈　纳　（旁白）庞贝啊,你的父亲可不会签这样的协议。

（对艾诺巴）老兄，我们曾见过面。

艾诺巴　我想是在海上。

迈　纳　是在海上，老兄。

艾诺巴　你在海上干得不错。

迈　纳　你在陆地上也不错呀。

艾诺巴　谁夸奖我，我也就夸奖他，虽然我在陆地上的战绩是不可否认的。

迈　纳　我在海上的战绩也是一样。

艾诺巴　不过，有的事为了安全起见，还是不提为妙，你在海上还做过大盗呀。

迈　纳　你在陆地上不也一样吗？

艾诺巴　那么，我就要否定陆地上的战绩了。不过，让我们握手吧，迈纳。

（他们握手。）

假如眼睛是官府，它就要逮住两个互相拥抱的盗贼了。

迈　纳　手可以骗人，脸可做不了假。

艾诺巴　但是哪个美人有一张说真话的脸呢？

迈　纳　不要诽谤，美人会偷走你的心。

艾诺巴　我本是来和你打仗的。

迈　纳　我呢，对不起，打仗变成喝酒了。庞贝一笑，就笑掉了一大笔家产。

艾诺巴　那可是哭不回来的哟!

迈　纳　你说对了，老兄。我们本来没想到在这里会见到安东尼的。请告诉我，他是不是和克柳葩结婚了?

艾诺巴　凯撒的妹妹是奥大薇亚。

迈　纳　不错，老兄，奥大薇亚本来是卡夏·马塞勒的妻子。

艾诺巴　现在可是马克·安东尼的夫人。

迈　纳　真的吗，老兄?

艾诺巴　真的。

迈　纳　那么，凯撒和安东尼永远结合在一起了。

艾诺巴　如果要我猜测这次结合的后果，我可不敢那样乐观。

迈　纳　我想，这桩婚事是政治考虑多于感情结合吧。

艾诺巴　我也是这样想。恐怕结合他们的纽带反而会扼杀他们的感情。奥大薇亚是端庄冷静、沉默寡言的女人。

迈　纳　谁不希望有个这样的妻子呢?

艾诺巴　那要丈夫也一样冷静沉默,但安东尼不是那样的丈夫。他会回埃及去吃他的美食,那奥大薇亚的叹息会煽起凯撒的怒火——像我说过的那样,结合他们的友情反而成了拆散他们的恶感。安东尼的感情会用得其所,他的婚姻反倒是逢场作戏了!

迈　纳　也许会是这样。走吧,老兄,请上船去,我要给你敬酒。

艾诺巴　我会恭敬从命的,老兄,我们在埃及已经久征惯战了。

迈　纳　来,我们走吧。

（同下。）

第 二 幕

第七场

意大利南部密塞那海港庞贝船上

（音乐声中，二侍仆持酒食上。）

侍仆一　他们就要来啦，伙计。有几个醉得像站不住的树，一有风吹草动，就会东倒西歪。

侍仆二　雷必达喝得脸红脖子粗了。

侍仆一　他们灌得他一塌糊涂。

侍仆二　还尽情作弄他，逼得他大叫"不喝了"，但又觉得盛情难却，还是醉了又喝。

侍仆一　这就使他的嘴巴和脑袋打起架来了。

侍仆二　在大人物中挂个虚名，腰杆子硬不起来，扛不起枪，还不如服输做根软软的芦苇呢。

侍仆一 占了高位却无所作为,那还不是有眼无珠,脸上哪有光彩?

(号角齐鸣,凯撒、安东尼、庞贝、雷必达、亚格帕、梅塞纳、艾诺巴、迈纳和军官上。后随歌童。)

安东尼 诸位,他们就是根据尼罗河水位的高低来推测丰年或灾年的。河水越涨,收成越高;河水一退,播种的人就在泥里播下种子,不久就得到了丰收。

雷必达 埃及的蛇不同寻常?

安东尼 不错,雷必达。

雷必达 埃及蛇是尼罗河的泥里生,太阳神的神光下生长,长得和鳄鱼一样?

安东尼 是这样的。

庞 贝 请坐下喝酒吧。我敬雷必达一杯。

(他们坐下喝酒。)

雷必达 我有点吃不消,但决不会吐出来。

艾诺巴 (旁白)你睡着了就吐不出来——我怕那时你也吃不消了。

雷必达 当然不会。我听说托勒密的金字塔好得不得了。我听说的。

迈　纳　（对庞贝私语）庞贝，听我说一句。

庞　贝　（对迈纳）就在我耳边说吧。

迈　纳　（对庞贝）我请你离席说好吗，主帅？

庞　贝　（对迈纳耳语）那要等一等。——我敬雷必达一杯！

雷必达　你们埃及的鳄鱼是怎么样的？

安东尼　它有鳄鱼那么长，也有鳄鱼那么粗，它和鳄鱼一样高，也和鳄鱼一样爬；他靠吃东西活，吃不下吐出来，就要重新投胎了。

雷必达　它是什么颜色？

安东尼　它的本色。

雷必达　这蛇真怪。

安东尼　就是这样。蛇和鳄鱼的眼泪都是湿的。

凯　撒　听了你的描述，他满意了吗？

安东尼　还有庞贝敬他的酒呢，要不满意，就什么都不会满意了。

（迈纳又对庞贝耳语。）

庞　贝　（对迈纳旁白。）去你的吧，老兄，去你的吧！怎么这样说？去吧！听我的话。——我要的酒呢？

迈　纳　（对庞贝）看在我的功劳的分上，听我说吧。请你离席好吗？

（庞贝和迈纳离开席位。）

庞　贝　（对迈纳）我看你是疯了。什么事呀？

迈　纳　为了你的大事，我是不怕风险的。

庞　贝　你的确是尽心尽力的。但有什么事吗？——（对众）请诸位尽欢吧！

安东尼　雷必达，你怎么像站在沙堆里，好像要陷下去了？

迈　纳　（对庞贝，下同。）你要做天下的主子吗？

庞　贝　（对迈纳，下同。）这话什么意思？

迈　纳　你要做天下的主人吗？我再问一遍。

庞　贝　这怎么可能呢？

迈　纳　想想吧，虽然我不是什么天上人，却能给你一个天下。

庞　贝　你喝醉了吧？

迈　纳　没有，庞贝，我还没有碰过酒呢。不过，如果你有胆量做世上的天神，不管海上天下，都可以归你所有，只要你敢去拿。

庞　贝　你说说看,是怎么一回事?

迈　纳　这鼎足而立的三根擎天柱现在都在你的船上,只消我砍断系岸的绳索,把船放到海上,割断他们三个人的喉咙,那天下就是你的了。

庞　贝　唉!这种事你应该先动手再动口才好。你若动手,那是忠臣尽忠;我若下手,那就不齿于人了。你要知道,对我而言,荣誉重于利害得失,而不是利害得失重于荣誉。你真不该让舌头说出了心里的话。假如你先开刀再开口,那我会在事后发现你有先见之明;但是现在,我只能谴责你说得太早,做得太晚了。不要再想这悔之已晚的事,还是喝酒去吧!

(回到席上。)

迈　纳　(旁白)我可不能再跟着你走你的穷途末路了。眼前明摆着的大好机会白白错过,世界上哪里还会再有第二次呢!

庞　贝　这一杯祝雷必达健康!

安东尼　背他上岸吧。我来代他喝,庞贝。

（他们对饮。）

艾诺巴　这一杯敬你，迈纳！

迈　纳　艾诺巴，谢谢。

庞　贝　把酒杯盛满，要见酒不见杯。

艾诺巴　（指着背雷必达的侍从。）这家伙力气真大，迈纳！

迈　纳　怎么呢？

艾诺巴　他背了三分之一的天下，你说不是吗？

迈　纳　三分之一的天下都醉了。如果全天下都一样，那就要天旋地转了。

艾诺巴　你也来喝一杯，让天地转得更快吧！

迈　纳　来吧。

庞　贝　这还比不上亚历山大的豪宴吧？

安东尼　也热闹得差不多了。敲起杯盘碗盏来，呵！这一杯敬凯撒。

凯　撒　我还是免了吧。头脑越灌越糊涂了。

安东尼　那你就返老还童吧！

凯　撒　我还是要作主不为奴。宁愿饿四天也不愿一天喝这么多。

艾诺巴　哈，我的好皇帝，我们跳埃及的酒神舞来庆祝这次盛会怎么样？

庞　贝　跳吧，好壮士！

安东尼　来吧，我们大家牵起手来，让战无不胜的美酒灌得我们眼花缭乱，沉醉在忘忧河里吧！

艾诺巴　大家牵起手来，用喧哗的乐声轰击我们的耳鼓，我来排队。让歌童来唱歌，大家都要拍得腰肢响当当的！

（奏乐。艾诺巴要大家牵手排好。）

歌　童　（唱）来吧，你酒国的天王，

　　　　　　眼睛眯眯，心广体胖。

　　　　　不要让烦恼挂肚牵肠！

　　　　　把葡萄王冠高高戴上！

　　　　　喝吧，喝得地沉天荒！

　　　　　喝吧，喝得地沉天荒！

凯　撒　你还要什么，庞贝？再会！我的好妹夫，我们同走吧！这样庄重的大事看到我们这样轻狂，恐怕要愁眉苦脸了。好朋友，我们分手吧，你看，我们已经脸红耳赤啦！强壮的艾诺巴也弱不胜酒了，我的舌头已经嘟哝不清，放荡不羁，我们大家都改头换面，变得

　　　　　滑稽可笑啦！不用多说了，再会吧！好安东
　　　　　尼，让我挽着你的手！
庞　贝　上了岸我还要再和你较量。
安东尼　好的，老兄，一言为定。
庞　贝　啊，安东尼，你占了我父亲的房子，唉！
　　　　　那不算什么，我们还是好朋友呢。来，下
　　　　　小船吧！
艾诺巴　小心！不要掉下水去！
　　　　　（众下。艾诺巴和迈纳留场上。）
　　　　　迈纳，我不上岸了。
迈　纳　不上岸，到我的舱里去。打鼓吧，吹喇叭，
　　　　　吹笛子，吹奏吧！让海神听听我们如何热烈
　　　　　欢送这些大人物。吹完了就去上吊吧！死命
　　　　　吹吧！
　　　　　（鼓角齐鸣。）
艾诺巴　嘿，他说什么？给你一顶帽子凑凑热闹！
　　　　　（抛起帽子。）
迈　纳　嘿！好样的，来吧。
　　　　　（同下。）

第 三 幕

第一场

叙利亚

（闻梯迪上。大军凯旋，战利品中有战败国帕西亚王子遗体，大军中有西利厄等官兵。）

闻梯迪　现在，能战善射的帕西亚，你也有战败的日子。谢天谢地！我总算给马卡斯·克拉苏报了仇。把帕克勒王子的尸体抬到军前。奥罗德啊，你的儿子帕克勒就算是给克拉苏偿了命吧。

西利厄　闻梯迪将军，你的宝剑染上了帕西亚人的鲜血还没有干，为什么不乘胜追赶这些残兵败将，横扫美狄亚、米索不达尼亚，他们逃到哪里，就追到哪里呢？你的主帅安东尼不会让你坐上凯旋的战车，戴上胜利的花冠吗？

闻梯迪　啊，西利厄，西利厄，我已经尽力了。要知道，一个下级军官出的力，不能显得超过了他的上级。你要晓得，西利厄，主将不在战场上，千万不能盖过主将的名声，那还不如半途而废呢！凯撒和安东尼取得的胜利，大多是他们的将士为他们打出来的，不必他们亲自动手。安东尼有另外一个副将索协斯，在叙利亚赢得了极高的名声，却失掉了安东尼的信任。谁要在战场上的功劳超过了他的主将，那就是喧宾夺主。而雄心壮志是每个军人生而有之的本性，如果部将的胜利使主将黯然失色，那主将是宁可看到他失败，而不愿意他成功的。我本来可以多为安东尼出点力，但怕那会有损他的威名，那我出的力就都白费了。

西利厄　闻梯迪，你真有眼光，没有眼光的军人和他使用的兵器就没有什么分别了。你大约要向安东尼报捷吧？

闻梯迪　我会谦虚地对他说，他的威名具有战无不胜的魔力，在他的旗帜指引下，他能征惯战的大军已经把从未败北的帕西亚骑兵赶出了战场，溃不成军了。

西利厄　现在他在哪里？

闻梯迪　他就要去雅典。我们也带着军用物资，向雅典快速前进，好当面向他报告呢。去吧，快点！

（全下。）

第 三 幕

第二场

罗马凯撒府

（亚格帕从一门上,艾诺巴从另一门上。）

亚格帕　怎么样？安东尼和凯撒分手了吗？

艾诺巴　他们刚和庞贝达成协议,这三根擎天柱正在签字盖印呢。奥大薇亚离开罗马就要哭了,凯撒也不忍和她分别,而雷必达自从在庞贝酒席上酩酊大醉之后,就像迈纳说的,似乎得了年轻人才害的相思病呢。

亚格帕　他总是向上看的。

艾诺巴　所以他看得高啊！他多么爱凯撒。

亚格帕　不,我看他对马克·安东尼才是五体投地。

艾诺巴　你是说凯撒吧,他真是人中的天神。

亚格帕　那怎么说安东尼呢？简直是神中的大神了。

艾诺巴　说起凯撒来，那真是举世无双。

亚格帕　啊，安东尼才是战火中新生的凤凰呢！

艾诺巴　若要赞美凯撒，只消提到他的大名，就不必多说了。

亚格帕　的确，对他们两位，他的赞扬都是无以复加的。

艾诺巴　他最爱凯撒，但也一样爱安东尼。啊！心里想不到的，口里说不出的，数字不能计算的，文字不能描写的，歌者唱不尽的，诗人赞美不完的，是他对安东尼的感情。但对凯撒，他只有行动上拜倒在地，拜倒在地，而且目瞪口呆。

亚格帕　他对他们两个人都热爱。

艾诺巴　他们是他的阳光雨露，而他是雨露滋养长大的。上马吧，再见了，高明的亚格帕！

亚格帕　祝你好运，价值连城的勇士，再会！

（凯撒、安东尼、雷必达、奥大薇亚上。）

安东尼　请不要远送了，大舅！

凯　撒　你带走了我相依半生的妹妹，希望你看到她

81

就像看到我一样。妹妹，做一个好妻子，不要辜负了我对你的期望，你是保证我们感情的纽带。最高尚的安东尼，让这个美德的杰作把我们的感情紧紧联系起来，不要让它成为攻击感情城堡的撞城车。如果我们不能为了她而同心协力，至少也不能分崩离析呀。

安东尼　要是你信我不过，我可要生气了。

凯　撒　话就说到这里。

安东尼　虽然你不放心，其实你大可不必担忧。愿天神保佑你，希望罗马人心向往你要成就的大事。我们就在这里分手吧！

凯　撒　再见吧，我最亲爱的妹妹，再见。祝你一路平安，再见！

奥大薇亚　我的好哥哥！

安东尼　她的眼睛里有四月的雨露，那是春天惜别的泪珠。不要难过，等待重逢的喜悦吧。

奥大薇亚　哥哥，请你照顾我丈夫的家，还有——

凯　撒　什么，奥大薇亚？

奥大薇亚　（低声）我要在你的耳边说。

安东尼　她的舌头说不出她的心里话，她的心对舌头

　　　　也不好说什么——就像波涛汹涌的浪尖上一根天鹅羽毛不能左右自己一样。

艾诺巴　（对亚格帕私语，下同。）凯撒会流泪吗？

亚格帕　（对艾诺巴私语，下同。）他脸上云彩暗淡。

艾诺巴　一匹战马也不会伤心落泪，何况是骑马的将军！

亚格帕　也不一定，艾诺巴。安东尼在老凯撒死的时候就哭得怒吼如雷，即使在布鲁达死的时候他也哭了。

艾诺巴　那一年，的确，他得了重伤风。否则，他为什么会痛哭流泪，一直哭到我也流泪呢？

凯　撒　不，温柔的奥大薇亚，你听我说，我会时时想到你的。

安东尼　来吧，大舅，来吧，我要和你角力，看谁的感情力量更大。（拥抱。）我是能擒能纵的，我把你从天神手里夺来又送回去了。

凯　撒　再会，祝大家幸福！

雷必达　让满天的星斗照耀你们的前途！

凯　撒　（吻奥大薇亚。）再会，再会！

安东尼　再会！（号角齐鸣。众下。）

第 三 幕

第三场

亚历山大宫中

（克柳葩、查迷艳、伊拉丝及亚勒萨上。）

克柳葩　那个人哪？

亚勒萨　他不敢来。

克柳葩　去，去叫他来！

（使者上。）

亚勒萨　娘娘，你不高兴的时候，犹太的希律王都不敢正眼看你呢！

克柳葩　我要希律王的人头，但是安东尼不在，怎么能拿得到？——你走过来一点！

使　者　恩重如山的娘娘。

克柳葩　你见过奥大薇亚吗？

使　者　见过，娘娘。

克柳葩　在什么地方？

使　者　在罗马，娘娘，我亲眼看见她站在她哥哥和马克·安东尼中间。

克柳葩　她有我这么高吗？

使　者　没有，娘娘。

克柳葩　你听见她说话没有？她的声音尖不尖？是高还是低？

使　者　我听见她说话，声音很低。

克柳葩　这样倒好，安东尼喜欢她不会太久。

查迷艳　喜欢她？啊，爱西丝女神，这怎么可能？

克柳葩　我也这样想，查迷艳，她声音又低，个儿又矮，走路又没有派头？你见过场面吧！

使　者　她走路像爬，一动一静都差不多。她的身体没有活力，像个没有呼吸的木偶。

克柳葩　当真是这样的吗？

使　者　除非我是有眼无珠。

查迷艳　在埃及恐怕没有第三个人看得比他清楚了。

克柳葩　他很会看人，这点我看得出来。奥大薇亚没什么了不起的，这个使者的眼光不错。

查迷艳　很好。

克柳葩　你猜她多大年纪？

使　者　娘娘，她是个寡妇。

克柳葩　寡妇？查迷艳，你听。

使　者　我敢说她有三十岁了。

克柳葩　你心里记得她的模样吗？脸是长的还是圆的？

使　者　圆脸，但是圆得出了毛病。

克柳葩　脸圆的人多半都不聪明，她的头发是什么颜色？

使　者　焦黄色的，娘娘。头发低得遮住了前额。

克柳葩　这是给你的赏金。不要怪我上次对你太严，我还要用你呢。你干这差事再好没有了。去吧，准备再出差吧，信已经写好了。

（使者下。）

查迷艳　这个人不错。

克柳葩　的确是这样，我后悔上次对他太急了。现在看来，他说到的奥大薇亚没什么了不起。

查迷艳　没什么，娘娘。

克柳葩　这个使者见过场面，应该分得清好歹。

查迷艳　怎会没见过场面？爱西丝女神作证，他已经侍候你很久了。
克柳葩　我还有一件事要问他，好查迷艳，不过这不要紧。你去把他叫来。我还要写封信，看来一切都会顺利。
查迷艳　我想会的，娘娘。
　　　　（同下。）

第 三 幕

第四场

希腊雅典安东尼府中

（安东尼、奥大薇亚上。）

安东尼　不，不，奥大薇亚，不止这点——这点还是情有可原的。除了这点，还有一千倍更重要的理由——凯撒已经重新向庞贝宣战了，并且当众宣读他的遗嘱，听起来似乎对罗马人有利。他很少提到我，不得已勉强说出几句软弱无力的空话，即使是隐约的暗示也没有真心实意，听得出是从牙缝里蹦出来的。

奥大薇亚　啊，我的好夫君，传闻的消息不可以全信，即使相信，也不要放在心上。如果你们之间闹分裂，那我就是最不幸的人了。我要为你们双方祈祷，听得天神都要笑话我了，因为我刚祷告神明祝福我的夫君，接着又要用同样响亮的声音，祈求上天保佑我的哥哥。要夫君胜利，又要哥哥胜利，一个祷告否定另外一个，在两个极端之间，怎么才可能两全其美呢？

安东尼　温顺的奥大薇亚，让你的感情寻找一个地方保住你对双方的感情吧。如果我失去了荣誉，那就等于毁了我自己，我属于你的，只是一棵没有花果枝叶的枯树。如果按照你的希望，能在我们两人之间找到一条出路，那自然更好。但是现在，夫人，我不得不做战争的准备了，这恐怕会不利于你哥哥的盛名。希望你尽快去实现你的愿望吧！

奥大薇亚　谢谢我的夫君。希望自己强大，才会发现自己实在弱小，甚至微不足道。我怎么能胜任做你们之间的调解人呢？你们的战争会把世界一分为二，只有战士的尸体才能填满你们之间的裂缝。

安东尼　当你看清楚了争端是如何开始的，你就可以明白是非曲直了。我们双方的错误不可能是相等的，你的感情也可以根据情况决定。准备你的行装去罗马吧，你要带谁同去、需要多少费用，你都可以随意确定。

（同下。）

第 三 幕

第五场

同前,另一处

(艾诺巴、埃罗斯上。)

艾诺巴　啊,怎么样?埃罗斯,我的好朋友。

埃罗斯　有意外的消息呢,老兄。

艾诺巴　什么消息,老兄?

埃罗斯　凯撒和雷必达已经对庞贝大打出手了。

艾诺巴　这不是新消息。但结果怎么样?

埃罗斯　凯撒利用雷必达打败了庞贝,转眼就不承认他并肩作战的功劳,不让他分享胜利的战果。不仅如此,还根据他以前写给庞贝的信,说他通敌,利用职权把他抓了起来。这第三根擎天柱就摇摇欲坠,坐以待毙了。

艾诺巴　那么，世界这张巨口就只剩上下两排牙齿了。把食物都投进口里，让他们去咬牙切齿吧！安东尼在哪里？

埃罗斯　他在园子里踱步，踢着脚下的野草，埋怨雷必达这傻瓜，还威胁说要杀死那个谋害庞贝的人呢。

艾诺巴　我们的海军已经扬帆起航了。

埃罗斯　是去意大利打凯撒的吧？还有，艾诺巴，主帅正要见你呢，我的消息本来是要那时再告诉你的。

艾诺巴　那不要紧，就这样吧。带我去见安东尼。

埃罗斯　随我来吧，老兄。

（同下。）

第 三 幕

第六场

罗马凯撒府

（亚格帕、梅塞纳随凯撒上。）

凯　撒　安东尼根本不把罗马看在眼里，他在亚历山大胡作非为。随便说几件事：在广场上他筑起了银光闪烁的高台，上面有金光灿烂的宝座，他和克柳葩公然高坐在王位上。脚下坐着我伯父的儿子，他们叫他小凯撒，还有他们纵情淫乐的私生子。他把下叙利亚、塞浦路斯、利第亚都划为埃及的行省，而克柳葩是他们至高无上的女王。

梅塞纳　这是在众目睽睽之下进行的？

凯　撒　是在公共场所的所作所为。他还当众宣布他的后代是国王之上的君主，把密第亚、帕西亚、亚美尼亚都封给了亚历山大，而给托勒密的是叙利亚、西里西亚和腓尼基。克柳葩那天打扮成爱西丝女神的模样，据说她以前在朝见的场合也是这样打扮的。

梅塞纳　这要让全罗马的人都知道才好。

亚格帕　罗马人不喜欢他这样骄奢淫逸，很难对他会有好感。

凯　撒　这些事罗马人都知道了，还知道他宣布的罪状。

亚格帕　谁的罪状？

凯　撒　凯撒的呗。他说我在西西里掠夺了庞贝的领土，却没有分一份给他。他又说我借了他的船只没有归还。最后还说雷必达是罗马三执政之一，我不应该剥夺他的权位，不该没收他的家产。

亚格帕　主公，这倒应该做出答复。

凯　撒　我已答复了，信使也走了。我告诉他，雷必达变得不通人情，并且滥用权力，剥夺他的权位是他罪有应得。至于我征服的领土，我

　　　　　可以分给他一份，但他征服的亚美尼亚和其他王国，也要同样分一份给我。
梅塞纳　他恐怕不会答应吧？
凯　撒　那我也就不能让步。

　　　　（奥大薇亚及随从上。）

奥大薇亚　你好，我的兄长，我最亲爱的哥哥！
凯　撒　我怎么能眼看你这样给人打发回来呢！
奥大薇亚　你从来没有这样说过我，也没有理由这样说呀。
凯　撒　你为什么这样不声不响地回来了？你这样回来哪里像是凯撒的妹妹？安东尼的夫人应该有大队人马开路，有马声嘶鸣报道她的来临，沿途的树上都应该爬满了要一睹风采的观众，不但如此，一路车马扬起的灰尘也该遮天蔽日。但是你却像一个女仆上市场买东西一样回到罗马，这怎能表现出我们兄妹之爱呢？感情如果不能表现，往往就会落空，变成空话一句。我们本来应该在沿途各站，不管是海上还是陆地上，越来越热烈地欢迎你啊！

奥大薇亚　我的好兄长，我这样来并不是受到了什么限制，而是我自觉自愿这样做的。我的夫君马克·安东尼听说你准备要打仗了，他亲口告诉我这个不幸的消息，所以我就贸然回来了。

凯　撒　他立刻就答应了，因为你在那里妨碍了他的淫乐啊。

奥大薇亚　不要这样说，好哥哥。

凯　撒　我的眼睛盯着他呢，他的动静逃不脱我的耳目。他现在在哪里？

奥大薇亚　他在雅典，哥哥。

凯　撒　我受了委屈的妹妹，克柳葩在招呼他回去呢，他把帝国送给了一个婊子，他们正在召集各路兵马，准备打仗。他们召集了利比亚国王波协斯、卡巴多的亚起劳、巴拉贡的菲拉德国王、塞拉西国王亚德拉、阿拉伯的马尔丘国王、蓬特的国王、犹太的希律、柯乌金国王米利达、米德和里加尼的国王坡勒蒙和亚明达，还有其他一些手执王笏的人呢。

奥大薇亚　唉！我真不幸，一心挂两头，两头却在冲突。

凯撒　不过，还是欢迎你回来。你带来的信会阻止我们立刻破裂。虽然从你所受到的亏待中，我们也看到对危险不能掉以轻心，但是你还是不必紧张，也不必为事态的发展而苦恼，不必为命运注定要发生的事而垂头丧气。欢迎你回到罗马来，我最亲爱的人，你受到了不公正的对待，天神会让我们替你报仇，你就放宽心吧。我们总是欢迎你的。

亚格帕　欢迎，夫人。

梅塞纳　欢迎，好夫人。罗马人都向往着你，同情于你。只有好色的安东尼对你不起，把军政大权都交给一个下流的女人，而向我们挑战了。

奥大薇亚　真是不幸。

凯撒　的确，妹妹，欢迎你来。请你不要着急，我最亲爱的妹妹！

（同下。）

第 三 幕

第七场

希腊北岸海港亚克定

（克柳葩与艾诺巴上。）

克柳葩　我一定要和你搞个是非分明。

艾诺巴　怎么，怎么，怎么呢？

克柳葩　你说我不能去打仗，你说这不合适。

艾诺巴　对啊，难道不是这样？

克柳葩　即使不是对我宣战，难道我就不能参战？

艾诺巴　这一点我可以回答：如果公马母马同上战场，那骑兵一定打败仗，因为骑兵要骑马，公马也要骑在母马背上，母马怎么能背得起呢？

克柳葩　你这样说是什么意思？

艾诺巴　你一出阵，一定会使安东尼分心，使他不能全心全意，把全部时间都用在打仗上。大家已经批评他太轻率了，罗马更说是一个叫福定纳的太监和你的使女在背后操纵战争的线索呢。

克柳葩　让罗马沉到海底去吧，让这些诽谤我们的舌头烂掉吧！作为一国的女王，我对战争要像男人一样负责。不要说反话了，打仗我怎能落后呢！

（安东尼、肯尼达上。）

艾诺巴　不要这样说，我的话完了。皇上也来了。

安东尼　肯尼达，你说怪不怪。凯撒从达兰登和布伦第出发，这么快就渡过了艾昂尼海峡，占领了托林？——亲爱的，你知道这个消息吗？

克柳葩　自己慢就怪别人快了。

安东尼　说得好。男子汉也说不出这样批评拖拖拉拉的话来。肯尼达，我看我们要在海上和他见个高下了。

克柳葩　当然在海上，难道还有别的地方？

肯尼达　主帅为什么要在海上打？

安东尼　因为他在海上挑战。

艾诺巴　主帅不也挑战要和他个人见个高低吗？

肯尼达　是呀，你还要在老凯撒打败老庞贝的地方和他决一胜负呢。但是你的挑战对他不利，他就不敢应战。你又何必去碰硬呢？

艾诺巴　你船上的水兵不多，多半是赶驴子的驴夫或种地的农民，是仓促应征，临时改行的水手。凯撒的船队却是常和庞贝打过海战的。他的船轻而快，你的船笨而重。而你在陆地上有精兵强将，为什么不理直气壮地不打海战呢？

安东尼　我在海上也不能示弱呀。

艾诺巴　威震四方的主帅，你怎能放弃陆地上的绝对优势，让你能征惯战的将士走上水路海道，使你在陆战中的雄才大略不得施展，而要去征服千变万化的惊涛骇浪，放弃你万无一失的陆战经验，去寻求万里挑一的海上胜算呢？

安东尼　难道我在海上怕他不成？

克柳葩　何况我还有六十条战船，比凯撒的毫不逊色呢。

安东尼　兵员不足的船可以烧掉,水手用来补充其他兵船。我们可以从亚克定海岬打击敢于进犯的凯撒。即使败了,我们还有陆军呢。

(信使上。)

有什么消息?

信　使　主帅,报道的消息是真实的,凯撒已经占领托林了。

安东尼　他亲自到了托林吗?这不可能,他的兵马怎么会这样神速?肯尼达,你用十九个军团,还有一万二千战马守住陆地。让我们上船去,我的尼罗河女神。

(一士兵上。)

怎么啦,勇敢的战士?

士　兵　高贵的皇上,不要去打海战!那些不结实的木船都靠不住。难道你信不过我们的刀剑,怀疑我们受过的创伤吗?让埃及人和腓尼基人去打水鸭子吧!我们是在陆地上站稳了脚跟的,打起仗来不会失手的。

安东尼　说得好,说得好,我们走吧。

（安东尼、克柳葩、艾诺巴下。）

士　兵　赫鸠力士在上，我觉得我并没有说错。

肯尼达　老弟，你没有说错，但是打仗并不是由军事力量来决定的。我们的主帅被女人牵着鼻子走，我们更成了仆人的仆人了。

士　兵　你不是奉命用军团和战马守住陆地的吗？

肯尼达　玛卡·奥大维、玛卡·杰特拉、勃力克和卡流斯都到海上去了，只有我们守住陆地。但是凯撒进军神速，令人难以置信。

士　兵　凯撒在罗马时，就分兵遣将，掩人耳目了。

肯尼达　他的副将是谁？你听说过吗？

士　兵　据说是托勒斯。

肯尼达　我知道这个人。

（信使上。）

信　使　皇上传唤肯尼达。

肯尼达　在这兵荒马乱的时刻，每分钟都会有新消息。

（下。）

第 三 幕

第八场

亚克定海岬

（凯撒、托勒斯率大军上。）

凯　撒　托勒斯！

托勒斯　主帅。

凯　撒　不要在陆地上打仗。军队要集中，在海战打完以前不要挑衅。进军不要超越命令的范围：我们的命运要靠这次跃进的行动。

（下。）

第 三 幕

第九场

同上，另一处

（安东尼、艾诺巴上。）

安东尼　把我们的舰队安排在山那一边，可以看到凯撒的大军，看清他有多少兵船，然后我们进行相应的战斗。

（下。）

第 三 幕

第十场

同上,另一处

(肯尼达率陆军从舞台一方上,凯撒的副将托勒斯从另一方上。双方下舞台后,幕后杀声四起,战号齐鸣。艾诺巴上。)

艾诺巴 完了,完了,全都完了!怎么能再看下去呢!埃及旗舰安东尼号带着六十条兵船已经转舵逃跑,就像受到雷轰电击一样,看得我眼睛都要冒火了。

(斯卡勒上。)

斯卡勒 天上的男神女神,地上的全班人马,你们该大开眼界了!

艾诺巴 怎么这样无限感慨呀!

斯卡勒　糊糊涂涂就丢掉了半壁江山，轻轻一吻就断送了大好山河！

艾诺巴　海战打得怎么样？

斯卡勒　我们这边好像遭了瘟疫的打击，那匹该死的埃及母马还在胜负未分、我方略占优势的时候，仿佛就像看见了麻风病，或者给牛虻叮怕了的母牛一样，立刻就扬帆逃走了。

艾诺巴　这场面我也看到了，看得眼里直冒火星，实在看不下去了。

斯卡勒　在克柳葩见风转舵的时候，安东尼这只被她的魔力陶醉了的雄鹰，也拍拍海上展开的翅膀，像难分难舍的鸳鸯一样，在海战的紧要关头，唰的一声紧紧跟着她逃跑了。我从没见过他行动这样丢脸。经验丧失，人格扫地，光荣陨灭，全都发生在一刹那间。

艾诺巴　可惜千秋功业毁于一旦！

（肯尼达上。）

肯尼达　我们在海上的命运即使破釜沉舟恐怕也难以挽救了。如果我们的主帅像从前一样英勇带头，那战事会多么不同啊！现在他却做出了不好的榜样，怎么能不败呢！

艾诺巴　连你也这样想吗？那只剩下说再见了。

肯尼达　他们都向佩罗庞尼逃了。

斯卡勒　那条路倒好走，我要去那里看看情况了。

肯尼达　我只好把军团和战马都献给凯撒。已经有六个国王做出投降的先例了。

艾诺巴　我怎忍心离开这个伤痕累累的安东尼呢，虽然理性叫我见风使舵啊。

（各下。）

第 三 幕

第十一场

宫中一室

（安东尼及部从上。）

安东尼　听！土地在叫我不要践踏它，怕我这不光彩的身子会使它蒙上难堪的耻辱。朋友们，过来，我在这世上迁延时日，已经永远迷失了方向。我有一艘载着黄金的大船，你们把金子拿去分了，各自逃生吧！不要再跟凯撒作对了！

众　逃生吗？我们不会的。

安东尼　我自己离开战场已经做出了懦夫逃跑的榜样；朋友们，离开我吧，我已经决定了未来的行动，不用你们白费心力了。你们走吧。

我的财物都在港口，你们拿去分了。啊，我惭愧得无法面对自己，连我的头发都要造反了，白头发怪黑头发太鲁莽，黑头发怪白头发太胆小，太痴情。朋友们，你们走吧，我们的友军会打开营门欢迎你们的。请你们不要难过，也不必担心我会孤独无依：我的失望已经指明了前途渺茫。你们直接去海边船上分取财物。离开我吧，我求求你们了。不要这样，的确，我已经不再配发号施令了。我求求你们吧。（坐下。）

（众部从下。）

（查迷艳、伊拉丝引路，克柳葩、埃罗斯上。）

埃罗斯　不，好娘娘，去吧，去安慰他吧！

伊拉丝　去吧，亲爱的女王。

查迷艳　去吧，为什么不去？不去又能做什么？

克柳葩　天后在上，让我坐下吧。

安东尼　不，不，不，不，不。

埃罗斯　你看，主上。

安东尼　啊，算了，算了，算了。

查迷艳　娘娘！

伊拉丝　娘娘，啊，女王！

埃罗斯　主上，主上——

安东尼　你说得不错，菲力比之战，他只会舞剑弄刀，是我打败了瘦骨嶙峋、满脸皱纹的卡协斯，和如疯似狂的布鲁达。他只会依靠别人的功劳，取得自己的胜利。可是现在，算了！

克柳葩　啊，扶我一下。

埃罗斯　女王来了，主上，女王来了。

伊拉丝　去见他吧，娘娘，和他说吧，他已经惭愧得失常了。

克柳葩　那好，扶住我，啊！

埃罗斯　尊贵的主上，起来吧。女王来了，她低着头，似乎走在死亡的道路上，你怎能不去救救她呢？

安东尼　我对不起我的名声，走上了不可原谅的错路。

埃罗斯　主上，看看埃及女王。

安东尼　女王，你把我带到什么地方去了！我怎能把你的眼睛给我引来的耻辱洗刷干净？回头看看这些耻辱造成的创伤，真叫我无地自容啊!

克柳葩　啊,我的主子,我的主子,原谅我胆怯的风帆把我带离了战场!可我没有想到会把你也带走啊!

安东尼　女王啊,你明明知道我心上的千丝万缕都系在你的船舵上,你的舵一转,我怎能不走呢?你是我心灵的主宰,你一举目、一俯首,都能抵消上天无声的命令啊!

克柳葩　对不起。

安东尼　我现在不得不低声下气向那小子求和了。而我本来是半壁江山的主人,可以随心所欲,决定天下大势的成败得失,但是你征服了我的心,我的宝剑只能唯情感之命是听了。

克柳葩　原谅我,原谅我!

安东尼　不要流泪,我说。一滴眼泪的价值就超越了成败得失。给我一吻吧,一吻就弥补了一切。我们派去谈判的人回来没有?我的多情人啊,不管心情多么沉重,还是拿酒肉来!命运越打击我,我就越不在乎。(同下。)

第 三 幕

第十二场

亚历山大城外凯撒营地

（凯撒、亚格帕、西德拉、多贝拉等上。）

凯　撒　叫安东尼的使者进来。你们知道他吗？

多贝拉　凯撒，使者是安东尼的秘书，这说明他已经山穷水尽了，才派一个这样不得力的人来。不久以前，多少君王都忙里偷闲为他奔走啊。

（安东尼的信使上。）

凯　撒　过来说吧。

信　使　我是安东尼派来的使者，其实，在不久以前，我不过是他江洋大海中漂泊水草上微不足道的一滴露水而已。

凯　撒　那好，说明你的来意。

信　使　他向你致敬，说你是他命运的主宰。他希望能留在埃及，如果你不同意，他可以降格以求，去雅典做个平民，可以在天地之间自由呼吸。以上是他的要求。其次，克柳葩也祈求你开恩，宽宏大量，容许她的后代继承托勒密王朝的大位。

凯　撒　对安东尼，我没有闲情逸致听他那一套。对埃及女王，她的要求和愿望不难得到满足，只要她把那个身败名裂的朋友驱逐出埃及，或者就地正法，结束他不光彩的一生。只要她能做到这一点，其他要求都可以考虑。你就这样去回复他们吧。

信　使　谢王恩浩荡。

凯　撒　带他通过我们的队伍。

（信使下。）

（对西德拉）你现在可以施展你的辩才了，快去吧！把克柳葩从安东尼手中争取过来。你可以用我的名义答应她提出的任何要求，你还可以自作主张，提出优惠条件。女人碰

　　　　到好运气降临时，一般都无力抗拒；如果到了穷途末路，即使是最纯洁的少女也不免堕入深渊。西德拉，运用你巧妙的智慧，你的功劳当然会得到天经地义的报偿。

西德拉　那么，凯撒，我走了。

凯　撒　注意观察安东尼在失败中的表现，看他的一举一动意味着什么，一点不要遗漏。

西德拉　遵命，凯撒。

　　（各下。）

第 三 幕

第十三场

亚历山大宫中

（克柳葩、艾诺巴、查迷艳、伊拉丝上。）

克柳葩　我们该怎么办，艾诺巴？

艾诺巴　想一想怎么样死好！

克柳葩　这到底该怪安东尼还是怪我？

艾诺巴　只能怪安东尼，他把情欲放在理智之上。虽然战帆蔽天露出了战争的恐怖面貌，吓得你仓皇逃跑，但是他为什么也跟着你逃之夭夭呢？他的感情奔放也不应该使他的大将风度山崩地裂呀！尤其是在半个世界对另半个世界决一胜负的紧要关头，而他又是紧要关头的紧要人物呀！他追随着你逃走的风帆，使他的士兵惊吓得目瞪口呆，这不单招来了战争的失败，也是他个人的奇耻大辱呀！

克柳葩　请你说得温和一点，好吗？

（安东尼及信使上。）

安东尼　这就是他的答复吗？

信　使　是的，主上。

安东尼　只要女王把我交出，她就可以得到礼遇。

信　使　他是这样说的。

安东尼　告诉女王吧。只要你把这个白发苍苍的脑袋交给凯撒那小子，他就可以用封地采邑来满足你的要求。

克柳葩　谁的脑袋呀，我的主子？

安东尼　我还要对凯撒再说一遍：你还太年轻了，看一切都朝气蓬勃。全世界也只看到他的财富、兵船、军团，却没有看到他只是一个懦夫；他的部属如云，但在他指挥之下，都会发现他的幼稚无知。如果他不是个懦夫，我现在就要求他脱下华丽的外衣，和我进行一场个对个、刀对刀的战斗。我现在就去写信，你随我来！

（安东尼及信使下。）

艾诺巴　的确，很有可能，大获全胜的凯撒会放弃他的有利条件，走上比赛的场所，和一个舞刀弄剑、只有匹夫之勇的武士进行一场单打一的战斗！我看一个人的判断力也随着他倒霉的命运而消失了。外表空虚带来了内心的空虚。他真是在做梦。凯撒知道自己的分量，酒醉饭饱的人会和腹空如洗的饿鬼较量吗？你把凯撒看成和你一样无知的匹夫了。

（一侍仆上。）

侍　仆　凯撒有信使来了。

克柳葩　怎么？不再讲客套了？你们看，他们只爱含苞欲放的玫瑰，花谢凋残就都掩鼻而过了。让那位信使进来吧。

（西德拉上。）

克柳葩　凯撒有什么吩咐？

西德拉　请左右退下，好吗？

克柳葩　这里都是自己人，但说无妨。

西德拉　他们也许是安东尼的自己人。

艾诺巴　安东尼需要的自己人和凯撒一样多，否则，他就用不着我们了。如果凯撒愿意的话,我们的主子会雀跃一般成为他的自己人;至于我们,你也知道,我们跟主子走。所以也是凯撒的自己人。

西德拉　那么,名闻四海的女王,凯撒请你不必担心你的处境,只要请你记住凯撒的话就行了。

克柳葩　你说得好。说下去吧。

西德拉　凯撒知道,你拥抱安东尼并不是因为你爱他,而是因为你怕他。

克柳葩　啊!

西德拉　因此,凯撒对于你的荣誉所受到玷污,表示同情,因为那并不是罪有应得的。

克柳葩　凯撒真是神明,他能洞察一切,知道我的荣誉受损,并不是自觉自愿,而是外力强加的。

艾诺巴　(旁白)是不是这样?只好去问安东尼了。老兄,老兄,你已经千疮百孔,只好深沉海底,因为最爱你的人也要抛弃你了。

西德拉　要不要我告诉凯撒你对他有什么要求?因为他对你可以说是有求必应的。如果你把他当作靠山,他自然会更加高兴;如果我告诉他你已经离开了安东尼,并且置身于他这位天下唯一主子的保护之下,他当然会更加热情洋溢,精神振奋的了。

克柳葩　你叫什么名字?

西德拉　我是西德拉。

克柳葩　最友好的使者,请你代我向伟大的凯撒致敬,我要吻他的手,表示对他征服天下的崇高敬意。请告诉他,我随时准备把王冠呈献在他脚前。从他天下归心的言谈中,我已经听到了埃及的命运。

西德拉　你走的是高尚的道路。智慧和命运相争的时候,只要智慧能够尽其所能,命运也摆脱不了智慧的控制。请允许我履行我的职责,吻一吻你的玉手!

克柳葩　你们的老凯撒也经常——在他考虑如何征服王国的时候——把他的嘴唇在这纤纤的小手上洒下了如雨的亲吻。

(她伸出手来让他吻。)

(安东尼与艾诺巴上。)

安东尼　好大的胆子!雷神在上,你是什么人呀!?

西德拉　我只不过是执行命令的人,而发号施令的人是征服了天下、令出必行、至高无上的主子。

艾诺巴　(旁白)你要挨一顿鞭子了。

安东尼　(对仆从)快过来!——啊,这一只野鸡!——天神在上,魔鬼在下,难道我的权威就烟消云散了吗?过去,我只要吆喝一声,哪个国王敢不应命?难道你没有耳朵吗?我还是安东尼哩。——我要给这家伙一顿鞭子。

(一侍仆上,众侍仆随。)

艾诺巴　可以和小狮子玩,不可以惹老狮子生气。

安东尼　我要打得他月下西山,眼冒火星!即使二十个热烈吹捧凯撒的国王敢这样胆大妄为地亲她的手——她是什么人?是克柳葩啊!好伙计,给他一顿鞭子,要打得他像个愁眉苦脸的顽童哭丧似的大叫饶命才行。把他带走!

西德拉　马克·安东尼!

安东尼　把他拉下去,鞭打之后再带回来。我要这个奴才给他的主子带个信去。

(众仆拉西德拉下。)

在我认识你以前，你已经是风韵半老的了。我在罗马的合欢枕席，是多少如花似玉的名门少女魂牵梦萦、日思夜想的床笫，但我不曾留下名正言顺的后人，现在怎么会受到一个向卖身投靠的奴才献殷勤的、卖弄风情的女人欺骗呢！

克柳葩　我的好主子！

安东尼　你从来就是卖弄风情的妖仙，当我们沉湎在罪恶中时——不幸啊！——眼睛雪亮的天神却封闭了我们的眼睛，使我们明智的理性失落在污泥浊水之中，使我们的心灵迷恋我们犯下的错误，看到我们走向毁灭的深渊时，却又无情地嘲笑我们。

克柳葩　啊，到了这种地步吗？

安东尼　我最初见到你，你已经是老凯撒的冷羹残肴；不仅如此，你还分享了老庞贝儿子的欢乐。此外，还有多少众口相传、热恋狂欢的时刻，简直数不胜数。你可能知道不该穷奢极欲，但实际上你却放荡无度。

克柳葩　已经到了这个地步？

安东尼　你居然让一个求恩讨赏的家伙来亲你的手，忘记了那是我的特权，是我们心心相印的标记。我要到野牛山上去高声大喊，吐出上当受骗的痛苦！我受到了粗野的侮辱，叫我怎能表现得高雅？就像一个绞索套在颈上的囚犯怎能求刽子手动作利索一点！

（侍仆带西德拉上。）——鞭子打完了吗？

侍　仆　狠狠打了一顿，主上。

安东尼　他叫了求饶没有？

侍　仆　他喊叫过手下留情。

安东尼　如果你的父亲还在世上，他就会后悔没有生个女儿，而生了你这个跟随凯撒的儿子，并且因为跟随他而挨了一顿鞭子。从今以后，你看见美人的玉手就会吓得发抖，冒出一身冷汗。滚回去对凯撒说你受到什么款待，说他惹得我生气了。因为他看起来自高自大，目中无人，藐视我现在的处境，忘记了我过去的丰功伟绩。他要惹我生气，现在正是难得的时机，因为高照我的吉星已经飞离了它的轨道，把它的火光射进地狱的深渊了。如果他不爱听我说的话，不喜欢我做的事，那你可以告诉他：我有一个奴隶叫作西帕查的，逃到他那里去了，他可以随意鞭打他，折磨他，甚至把他打死，他乐意怎么报复我都可以。你也可以怂恿他报复你所挨的这一顿鞭子，随你的便！滚吧！（西德拉随侍仆下。）

克柳葩　你的脾气发完了没有？

安东尼　我的月神已经暗淡无光，这预示着安东尼的没落。

克柳葩　我还得等他消了气再说。

安东尼　为了讨好凯撒，你会和一个侍候他更衣的仆人眉来眼去吗？

克柳葩　你还不了解我？

安东尼　你对我的心为什么这样冷酷？

克柳葩　啊，亲爱的，如果我冷酷的话，就让我心里长出有毒的冰雹，第一块就砸在我头上，把我砸烂砸碎，使我的生命消失得无影无踪；第二块又砸死我的儿子小凯撒，再一块一块消灭我的后代，让这阵阵冰雹消灭全埃及的

　　　　好汉，使他们死无葬身之地，让尼罗河的蚊子苍蝇饱餐他们的骨肉！——
安东尼　够了，你说得我心满意足了。凯撒已经在亚历山大城外安营扎寨，我要和他决一死战。我们的陆军还在坚守阵地，分散的兵船正在重新聚结，还要在海上重振雄风。我的雄心壮志啊，你失落到哪里去了？我的美人，你听见吗？等到我从战场上血战归来再吻你的嘴唇，我要用血迹斑斑的宝剑在历史上留下不朽的威名，这还是大有可为的啊！
克柳葩　这才是我的主子，我的英雄。
安东尼　我要变成三头六臂，鼓起三心一意的勇气，进行毫不容情的战斗。在我兴高采烈的时候，我还会宽宏大量，饶人一命。但是现在，在我咬紧牙关的时刻，谁敢阻挡我的去路，那就是死路一条。让我们再来一个狂欢痛饮之夜，给泄了气的将士鼓起干劲，给他们大碗喝酒，大块吃肉，让夜半钟声沉没在我们的欢笑声中吧！
克柳葩　今天是我的生日，我本来打算悄悄度过，现

　　　　　在我的主子又恢复了安东尼的英雄气概，我怎能失去克柳葩的美丽光彩呢？

安东尼　我们还是大有可为的。

克柳葩　要三军将士来见他们的主帅！

安东尼　立刻照办，不得有误！今夜，我要灌得他们的伤疤冒出酒来。来吧，我的女王，我们还心有余力呢。等我再上战场，我要和死神重温鸳梦，使我的利剑和他的尖刀并驾齐驱！

　　　　（众下。艾诺巴留场上。）

艾诺巴　他的目光简直要吓得电光失色。胡思乱想其实是吓破了胆，一怒之下，小鸽子也敢去啄老鹰。我看主帅是头脑发热，勇气也升温了，如果勇气战胜了理性，剥夺了理智，人也是可以吞下宝剑的。看来我得另谋出路了。（下。）

第 四 幕

第一场

亚历山大城外凯撒营地

（凯撒、亚格帕、梅塞纳率大军上，凯撒读信。）

凯　撒　他叫我"小子"，破口骂我，仿佛他有力量把我赶出埃及似的。他用鞭子抽打我的使臣，向我挑战，要凯撒和安东尼个对个地打出一个高下。告诉这个老混蛋，我再傻也不会自己走上绝路；他的挑战只会叫我笑掉牙齿。

梅塞纳　凯撒当然知道一个大人物暴跳如雷的时候，一定是被逼得无可奈何了。千万不要放过他气急败坏的时机；一个人怒从心头起，就不知道如何保护自己了。

凯　撒　让我们的高级将领知道：明天我们就要打百战百胜的最后一个胜仗了。我们的队伍中有大批从马克·安东尼那边归顺过来的人，甚至比留在埃及的还多，凭这点就足够打败他了。千万不能错过这个时机。好好犒赏新老三军，他们功高如山，我们的大酒大肉也堆积如山如海。而安东尼可要倒霉了！

第 四 幕

第二场

亚历山大宫中

（安东尼、克柳葩、艾诺巴、查迷艳、伊拉丝、亚勒萨等上。）

安东尼　他不跟我对打，是吗？

艾诺巴　是的。

安东尼　为什么？

艾诺巴　他认为他的命比你的好二十倍，他一个人就顶你二十个了。

安东尼　明天，好兄弟，我们就要在海上和陆地上和他决战，不是胜利就是死亡，总要保住荣誉。你看前途如何？

艾诺巴　我会横冲直撞，高喊成败在此一举！

安东尼　说得好。来吧,要侍从来!

（三四个侍从上。)

今晚要开盛宴——伸出你的手来,你靠得住——你也可靠,你也一样,你们都像国王一样追随过我。

克柳葩　（对艾诺巴私语。）这是什么意思?

艾诺巴　（对克柳葩私语。）这是没有办法的办法。

安东尼　你们都靠得住。我真恨不得分身化成你们大家,或者把你们捏成一个安东尼。我要像你们对我一样对你们:你们心中有我,我心中也有你们。

众侍从　天神保佑!

安东尼　我的好弟兄,你们今晚还追随我,酒杯不要空了!我的帝国也是你们的,像弟兄一样听命吧!

克柳葩　（对艾诺巴私语。）他是什么意思?

艾诺巴　（对克柳葩私语。）他要感动得弟兄们流泪。

安东尼　你们值勤也许是最后一夜。以后恐怕不会再见到我,见到的也许只是阴魂。你们也许明天就会换了主人,今天也在离别前夕。我的

|||好弟兄，不要忘了我们的亲密关系，让我们再共处两小时，我也别无他求了。愿天神保佑你们！

艾诺巴　主上何苦来？别让人难过！瞧，他们都流眼泪了。多难为情！怎么能这样儿女情长呢！

安东尼　呵呵呵！真该死。我本来不是这个意思。眼泪可悲可喜，我的好弟兄们，你们误会我了。我本来是要安慰你们，要过一个灯红酒绿的夜晚，明天好取得光辉的胜利，战胜死亡，载誉而归。让我们用美酒淹没我们的忧虑吧！

第四幕

第三场
亚历山大宫前

(一小队哨兵上。)

哨兵一　兄弟,你好,明天要决战了。

哨兵二　要决一胜负了,走吧。听见什么消息没有?

哨兵一　没有。你听到什么吗?

哨兵二　都是街谈巷议。

哨兵一　那么,老兄,走吧。

(碰到其他哨兵。)

哨兵二　弟兄们,要注意警戒啊。

哨兵三　那是当然,走吧。

(各自走向舞台岗位。)

哨兵二　我们就站这里。如果明天海军打了胜仗,陆上的部队一定不会败。

哨兵一　我们是一支好队伍，都有自知之明。

（台下双簧管的乐声悠扬。）

哨兵二　不要说话，这是什么声音？

哨兵一　听，听！

哨兵二　要听清楚！

哨兵一　空中哪里来的音乐？

哨兵三　是地面上传来的吧？

哨兵四　会不会有什么意思？

哨兵三　不会。

哨兵一　不要争了，我说总该有点意思。

哨兵二　那就是安东尼的保护神赫鸠力士离开他了。

哨兵一　我们走动一下，看看别的哨兵听见没有？

哨兵二　怎么样，诸位老兄？

众哨兵　怎么样，怎么样？你们听见什么？

哨兵一　这不是奇怪么？

哨兵二　你们有没有听见，诸位老兄，你们有没有听见？

哨兵一　跟着声音走吧，看它哪里来的，又到哪里去了。

众哨兵　说得对，这真怪！

（众下。）

第 四 幕

第四场

亚历山大宫中

（安东尼、克柳葩等上。）

安东尼　埃罗斯，我的盔甲呢？埃罗斯！

克柳葩　再睡一会儿吧。

安东尼　不睡了，我的小美人。埃罗斯，拿我的盔甲来，埃罗斯！

（埃罗斯送盔甲上。）

来，好个小美人，你也披上铁甲吧。如果我们今天不走运，那是我们不把命运放在眼里的缘故。来吧。

克柳葩　不，我来帮你穿，安东尼！这是干什么用的？

（她帮他披盔甲。）

安东尼　啊,不管它,不管它!你就是我心上的盔甲。错了,错了,这里,这里!

克柳葩　不要紧,我会帮你穿好,应该是这样的。

安东尼　好了,好了!我们一定会赢。你看见没有,我的好美人?你也去武装打扮吧!

埃罗斯　快一点,主上。

克柳葩　扣得紧不紧?

安东尼　真难得,真难得。谁敢在我解甲之前松动一个纽扣,他就准得挨揍。你扣得太松了,埃罗斯,怎么还不如女王扣得紧?快点!

——啊,亲爱的,要是你能亲眼看到我在战场上如何威风凛凛、杀气腾腾,你就可以知道江山是怎样打下来的,王冠是怎样拿到手的了。

(一战士全副武装上。)

你早呀,欢迎,欢迎!看得出你是个能征惯战的勇士,干的是自己喜欢的行当,总是起早贪晚,只恨时间不够用的。

战　士　主帅,时间虽然够用,千军万马却已整装就绪,迫不及待,在港口候命呢。

（人声喧哗，号角齐鸣。）

（将佐及士兵上。）

将　佐　　天朗气清，眷顾主帅。

众士兵　　上天眷顾主帅。

安东尼　　好说，好说，弟兄们，清晨也像朝气蓬勃的年轻人，不失时机，大有可为。——

（对女王）那么，来吧，给我武器，开路前进。再见了，女王，无论前途怎样，这是一个战士冲破千难万险，脸不红心不跳，不可抗拒的一吻。

（吻女王。）我要离开你了。现在，我是一个钢铁战士——要打仗的都跟我来！我要带你们走上战场。再见！

（众下。克柳葩、查迷艳留舞台上。）

查迷艳　　请娘娘回寝宫休息。

克柳葩　　你领路吧。他走得很英雄。假如他和凯撒能个对个决定战争的胜败，那就好了！而安东尼——可是现在——还有什么好说？算了！

（同下。）

第 四 幕

第5场

亚历山大城外
安东尼营地

（安东尼、埃罗斯上,遇一士兵。）

士　兵　愿天神保佑安东尼一帆风顺！

安东尼　如果早吸取了你们伤疤的教训,不打海战,那今天就好了！

士　兵　要是早在陆地作战,就不会有那么多的国王倒戈；今天早上,也不会有人去投靠对方了。

安东尼　今天早上,谁又走了？

士　兵　谁？最接近你的人。你再传呼艾诺巴也不会有回音了,除非他从凯撒营中答话:"我已经改换了门庭。"

安东尼　你说什么?

士　兵　主帅,他投靠凯撒去了。

埃罗斯　但是,主帅,他的财物都没有带走哩。

安东尼　人走了吗?

士　兵　走了。

安东尼　去吧,埃罗斯,把他的财物送过去,一点也不要扣留,这是命令。写信给他——我会签名——祝他好运,希望他不会再改换门庭。唉!我一倒霉,连好人也变坏了!快送信去!——唉,艾诺巴!

（众下。）

第 四 幕

第六场

亚历山大城外凯撒营地

（号角齐鸣。亚格帕、凯撒上,艾诺巴及多贝拉后随。）

凯　撒　去吧,亚格帕,你去开战,目标是活捉安东尼,三军务必听令。

亚格帕　得令,凯撒。（下。）

凯　撒　天下太平的日子快到了,今天该是胜利的一天,三强混战的天下要悬挂和平的橄榄枝了。

（使者上。）

使　者　安东尼已经上战场了。

凯　撒　命令亚格帕派投降的部队打头阵,让安东尼把他的怒气发泄到他们身上，让他们自相残杀吧！

（众下，艾诺巴留舞台上。）

艾诺巴　亚勒萨叛变了，安东尼派他到犹太人那里去，他却劝希律王向凯撒投诚，不要把安东尼当主子。他是白费力气，凯撒把他吊死了。肯尼达等来归顺，并没得到重用。我这一失足，也成千古恨了。

（一凯撒营哨兵上。）

哨　兵　艾诺巴，安东尼把你的财物送过来了，还有外加的赏赐。使者是我值班时来的，正在你的营帐里卸下驴子驮来的财物呢。

艾诺巴　我都送给你吧。

哨　兵　不要开玩笑了，艾诺巴。我对你说：你自己送他出营去。我还有我的差事，否则，我会替你送的。你的主帅真是个天神！

艾诺巴　我真是天下最卑鄙的小人了，现在的感受更加深刻。啊，安东尼，你的宽宏大量，真是海水不可斗量，我离开了你，你还是这样赏我重金，假如我没离开，你会怎样对待我呢?这像一个闷雷,打击着我的良心。如果迅雷还能掩耳,还有比雷鸣更快的闪电,那就用闪电般的悔恨来了结我的余生吧。我怎能和你交战?不行!我还不如找一条污泥浊水的壕沟,来结束我这污泥浊水的残生呢。(下。)

第 四 幕

第七场

亚历山大城外战场

（喊杀声,鼓角声。亚格帕等上。）

亚格帕　撤退吧,我们已经深入敌后了。凯撒忙得顾不了我们,我们受到的压力超过了预料。

（杀声又起。安东尼上,斯卡勒受伤上。）

斯卡勒　啊,英勇的主上,这才是打仗呢! 要是我们一开头就这样打,早把他们打得头破血流,滚回去了。

安东尼　你负伤了,还流血呢。

斯卡勒　我的伤口开头像个"丁"字,现在却像个"工"字了。

安东尼　他们撤退了。

斯卡勒　我要打得他们钻洞。我全身上下还有六个地方没有流血呢。

（埃罗斯上。）

埃罗斯　他们败了，主上，形势对我们大大有利，看来胜利在望。

斯卡勒　我们要跟踪追击，打得他们人仰马翻，就像捉兔子抓尾巴一样，抓逃兵并不费力。

安东尼　我要重赏你的勇敢精神，还要十倍酬劳你的英勇战斗。来吧。

斯卡勒　我跛着腿也要追随前后。

（众下。）

第 四 幕

第八场

亚历山大城外

（号角声中,安东尼率军重上,斯卡勒等后随。）

安东尼 我们已经打进了他们的营地,快去一个人把这个好消息报告女王。

（一士兵下。）

明天不等阳光普照大地,我们就要叫今天的残兵败将血染战场。感谢大家手起刀落,英勇杀敌,同心协力,战斗不分为人为己。你们都显出了赫鸠力士的威风。回城去吧,拥抱你们的妻子、你们的朋友,——说出你们的战绩,让他们用欢乐的眼泪来洗净你们的创痛，用热烈的拥抱来包扎你们流血的伤口吧。

（克柳葩上。）

（对斯卡勒）伸出你的手来，我要让埃及的女神看看你做出的功绩，让她的祝福表示对你衷心的感谢。

（对克柳葩）啊，你光明的天使，穿透我的颈甲，窜进我刀枪不入的内心，得意扬扬地骑着我气喘吁吁的胸膛奔跑吧！

克柳葩　王中之王，盖世之雄，你居然杀出这天罗地网般的重重包围，安然无恙地归来了！

（互相热烈拥抱。）

安东尼　我的夜莺，我们打得他们退回去了。美人啊，虽然岁月染灰了我的褐色头发，但是雄心壮志却恢复了我的青春。瞧这个勇士，让他的嘴唇得到你玉手的恩赐吧。

（克柳葩向斯卡勒伸出手来。）

我的好战士，吻她的手！他今天打仗，就像对人类怀有深仇大恨的天神，不肯放过一条性命。

克柳葩　好一个战友,我要赏你一副金甲,那是君王上阵的披挂。

安东尼　他可以毫无愧色地披上金甲,驾驭着太阳神的战车,让我挽着你的手,绕着亚历山大城作欢乐的游行。我们要高举伤痕累累的盾牌,像战士高举伤痕累累的手臂一样。如果我们的王宫容得下全军将士,我们就要欢宴狂饮,通宵达旦,喝得超过王家气派。让号角齐鸣,震聋全城的耳朵。让惊天动地的鼓声欢迎我们的凯旋吧!

(鼓角齐鸣。同下。)

第 四 幕

第九场

亚历山大城外凯撒营地

（哨兵小队上。艾诺巴后上。）

岗　哨　如果这个钟头没有人来接班，我们就得回警卫室去。今夜月光很亮，听说明天清晨两点就要开战呢。

哨兵一　昨天打得非常吃紧啊。

艾诺巴　夜神啊，做个见证吧！

哨兵二　这个人是谁？

哨兵一　靠近点儿，听他说！

艾诺巴　做个见证吧，看得见阴暗面目的月亮啊！有史以来，叛徒总是要背恶名的。可怜的艾诺巴在你面前已经悔恨莫及了！

岗　哨　艾诺巴?

哨兵二　别说话,听他的!

艾诺巴　阴郁的月神,把黑夜的毒雾喷吐到我身上吧。我不想活了,生命也背叛了我的意愿。我罪恶的祸水已经痛苦得僵化成了乱石,要把我的心砸烂砸碎,和我肮脏的思想同归于尽。啊,安东尼,你的宽宏高尚更使我的卑鄙无耻不齿于人。你高人一等,宽恕了我,但世界上哪有背信弃义的小人的容身之地呢!安东尼啊,安东尼啊!

(倒地而死。)

哨兵一　我来跟他说说。

岗　哨　还是听他说吧,他的话也许和凯撒有关呢。

哨兵二　那就听他的。他怎么睡着了?

岗　哨　怕是晕过去了吧。照他的祷告,不像是祈祷要睡着的。

哨兵一　我们去看看。

哨兵二　醒过来,老兄,醒过来,对我们说话!

哨兵一　听见没有,老兄?

岗　哨　也许他落到死神手里去了。(远处鼓声。)

听！如果是睡着了，听见鼓声也会醒的，我们还是把他抬到警卫室去。他是个有名有姓的人，而我们下岗的时间也到了。

哨兵二 那就把他抬走吧，说不定他还会醒过来呢。

（众抬艾诺巴下。）

第四幕

第十场
亚历山大城外战场

（安东尼、斯卡勒率部队上。）

安东尼　他们今天准备打海战，不喜欢在陆地上和我们较量。

斯卡勒　海上陆上都不在话下，主帅。

安东尼　哪怕风里火里也行，只要他们敢打。现在，我们的步兵占领了城外的山头，海上的命令也发出去了。他们的船已经离开了港口，我们可以看到他们的动向，对付他们的锋芒。

（同下。）

第 四 幕

第十一场

亚历山大城外战场

（凯撒率部队上。）

凯　撒　即使在陆地上受到攻击,我们也要采取守势,以静制动,我们要这样打。他们的精锐部队都派到船上去了。那我们就向谷地前进吧,要充分利用我们的优势。

（众下。）

第 四 幕

第十二场

亚历山大城外

（远处海战喊杀声中，安东尼及斯卡勒上。）

安东尼　两军会师了，但还没有交战。我要到那棵孤立的松树下去看看，那里可以观战。我有消息，就会告诉你的。（下。）

斯卡勒　燕子都在克柳葩的战船上筑窝了。连占卦师也看不出、说不清是什么名堂。看起来他脸色阴沉，即使知道也不敢说。安东尼一会儿勇气十足，一会儿又意气消沉。他命运的消长使他满怀希望，又忧心忡忡，既患得，又患失。

（安东尼重上。）

安东尼　一切都完了。这个该死的埃及女人断送了这场海战。我方的船只居然投敌了，并且抛起帽子来欢呼，仿佛老朋友重逢似的。这个三心二意的贱人，就是你出卖了我，使老手输给新手。现在，在我心里交战的对手，就只剩下你一个了。

（对斯卡勒）把部队解散了吧。等我破了这个女人的迷魂阵，也就万事皆休了。叫大家都散了吧。快去！

（斯卡勒下。）

太阳啊，我没面目再见你了。命运之神和安东尼分手了，怎么会到这一步呢？像猎犬追随猎人一般的人心，在我这里得到过满足，称心如意。怎么会忽然烟消云散，把甜言蜜语都吐向欣欣向荣的凯撒呢？而我这棵顶天立地的苍松却剥皮露骨了。啊。这个摄人魂魄的妖孽，啃心吸血的魔女，她一眨眼就可唤起千军万马前进后退，生死存亡；她的酥胸就是我的温床，我的梦想。像一个善于擒纵人心的吉卜赛女郎，诱骗我陷入了失败的无底深渊。喂，埃罗斯，埃罗斯！

（克柳葩上。）

啊，你这妖孽，走开！

克柳葩　怎么！我的主子气得不认人了？

安东尼　走开！否则，我会给你罪有应得的惩罚，使凯撒的胜利也相形失色了。让凯撒把你高高吊起来示众吧！让追随在他战车后面的群众咒骂你这女性的败类，让低级下流的小人都来看你这妖孽的顶峰，让奥大薇亚也来开开眼界，用尖尖的指甲来划破你厚厚的脸孔吧！

（克柳葩下。）

如果你还想活，还是走开的好。不过，死在我的盛怒之下更好，痛痛快快，一死可以避免慢吞吞死亡的百般折磨。喂，埃罗斯，我已经穿上赫鸠力士祖传的有毒血衣了。告诉我吧，我的老祖宗，你怎么一怒之下就把血衣挂到月亮尖角上去了？我要用穿血衣的双手来了结我这英雄的一生。这个妖孽也一定得死，她居然把我出卖给那个罗马小子，使我落入他的圈套。她一定得死！喂，埃罗斯！（下。）

第 四 幕

第十三场

亚历山大宫中

（克柳葩、查迷艳、伊拉丝、马蒂安上。）

克柳葩 扶我一下,我的好伴当!啊,他发疯了,比没有得到亚奇力士盾牌的猛将还更生气,月神的野猪也不会这样口沫四溅地糟蹋希腊。

查迷艳 到皇陵去!把你自己关在里面,派人去告诉他你已经自尽了,肉体失去了灵魂并不比失去伟大的主子更痛苦。

克柳葩 到皇陵去! ——马蒂安,去告诉他,我已经结束了自己的生命,我临终的遗言是:"安—东—尼—!"。说的时候——你要注意——声调要尽可能凄惨。去吧,马蒂安。回来再告诉我,他听到我死的消息怎么样。——到陵墓去吧!

(各下。)

第 四 幕

第十四场

亚历山大宫中

（安东尼及埃罗斯上。）

安东尼　埃罗斯,你还能看见我吗?

埃罗斯　看见的,主上。

安东尼　我们有时看见一片云像一条龙,一团雾有时会像一头熊或一只狮子,一座高耸的城堡像是悬崖峭壁,高低起伏的远山像是一碧万顷的海湾,郁郁葱葱的树木似乎还在向人点头招呼,用一片空虚来和我们的眼睛开玩笑。你看见过这些景象吗?这都是黑夜降临前的幻影或者预兆。

埃罗斯　见过的,主上。

安东尼　这片云现在看起来像一匹马，一转眼四条腿却不见了，模模糊糊像水上的雾、雾中的水。

埃罗斯　是这样子，主上。

安东尼　我的好埃罗斯，你的主帅也就是这样一团雾，现在还是安东尼，但是却只剩下这看得见的外表了，我的好伴当。我为了埃及女王打仗——我以为她就是我的心，我也就是她的，还附上追随我的百万人心，但现在却都化为泡影了——埃罗斯，她和凯撒重新洗牌，使他成了赢家，我却输得精光了。不要哭，好埃罗斯，我们还有本钱来安排后事呢。

（马蒂安上。）

啊，你女主人的魔力已经使我没有力气了。

马蒂安　不，安东尼，我的女主人只有爱你的心，她是要和你同生死，共患难的。

安东尼　去你的吧！甜言蜜语的太监，闭上你的鸟嘴！她已经出卖了我，我要她非死不可。

马蒂安　人死不能复生。她已经用死亡报答了你的恩情，你也不能要她再死一次，来消除你心头的愤恨了。她临终时说的最后一句话是："安东尼！举世无双的安东尼！"说时流着眼泪，一声长叹，把半吞半吐的名字又咽了下去。一半还留在嘴唇边上，另一半却永远埋藏在她心里了。

安东尼　她死了，你说？

马蒂安　死了！

安东尼　埃罗斯，脱下武装吧！白天冗长的任务已经完成，剩下来的只有休息了。

（对马蒂安）饶你一命就是对你最大的赏赐了。走吧！

（马蒂安下。）

脱下盔甲来！七层盾牌也挡不住对内心的打击。——裂开吧，胸膛！皮包着肉、外强中干的内心，迸裂了吧！——赶快，埃罗斯，赶快！——我不再是一个战斗英雄，用不着战绩斑斑的铁甲了，去吧！——你们立过汗马功劳，但是现在用不着了。

（埃罗斯下。）

克柳葩，我追随你来了，我流着眼泪求你原谅——我怎能不来呢？现在，延长生命对我来说只是痛苦，既然你的火炬已经熄灭，那就不必再往前走，浪费时光了！即使费力也讨不了好，网罗中的猎物越是挣扎，纠缠就会越多，那还不如结束了好呢。——埃罗斯！——我来了，我的女王。——埃罗斯！——等等我！在乐园里，幽灵安眠在花朵中，我们手挽着手，栩栩如生的姿态吸引得英魂都要起死回生了。特洛亚战争中的英魂也失掉了崇拜追随者。他们的目光只对我们的丽影恋恋不舍啊。——来吧，埃罗斯，埃罗斯！

（埃罗斯上。）

埃罗斯　主上有什么吩咐？

安东尼　克柳葩死了，我却不光彩地活着，这是给天神丢脸。我用刀剑杀出了天下，又在海上用战船建造了城市，怎能自愧不如一个纤纤的弱女子呢！她都敢于面对凯撒，用死亡来证明：她是自己的征服者啊！埃罗斯，你发过誓：在危急关头，当我看到不可避免的奇耻大辱迫在眼前，我一下令，你就把我杀死。现在，这个紧急时刻到了，我要你执行誓言。鼓起勇气来，下手吧！

埃罗斯　天神不会答应。我怎能伤害一个帕西亚的毒箭——而且是恶意的毒箭——都瞄不准、射不倒的人呢！

安东尼　埃罗斯，难道你愿意从罗马窗口看到你的主子反绑着双臂，颈上挂着锁链，低头弯腰，满脸羞惭，跟在凯撒的高头大马、滚滚车轮后面，让他得意扬扬地摆威风，凌辱失败了的人吗？

埃罗斯　我当然不愿意。

安东尼　那好，为了避免我再受创伤，拔出你那经过战争考验的快刀来吧！

埃罗斯　啊，主上，对不起。

安东尼　你还记得，当我让你获得自由的时候，你发过誓：我要你做什么，你就一定做什么。现在，我要你动刀了。你不动手，那以前答应的话都落空了。赶快动手吧，快！

埃罗斯　请你转过脸去！我怎能忍心当着你的面，伤害你这个普天下都挂念的人呢？

安东尼　你又来了。

（转过脸去。）

埃罗斯　刀已经拔出来了。

安东尼　那就让它履行你的诺言吧！

埃罗斯　我亲爱的主子，我的统帅，天下的帝王，在我砍下这血淋淋的一刀之前，让我说一声：永别了！

安东尼　说得好，勇士，动手吧！

埃罗斯　永别了，伟大的主帅，我现在动手吗？

安东尼　动手吧，埃罗斯。

埃罗斯　好，砍这里吧；这就免得我为安东尼的死而伤心了。

（自杀。）

安东尼　我怎么没想到这一着呢？勇敢的埃罗斯，你告诉了我你不能做的事，却是我应该做的。我的女王和埃罗斯已经为我做出了勇敢的榜样，写下了高贵的记录。我呢，我要死得像个新郎迫不及待地奔向他的新房一样。——

来吧，埃罗斯，你的主子到死却成了你的学生，我向你学会了怎样下手。——怎么，没有死？没有死？——来人啦！喂，助我一臂之力吧！

（一小队卫士上。德西斯随后上。）

卫士一　出了什么事？

安东尼　我这一剑刺歪了，伙计，帮个忙，把我结果了吧！

卫士二　怎么能让大星陨落呢！

卫士一　难道天时到尽头了吗？

众卫士　唉！真不幸啊！

安东尼　谁真爱我，就送我归天吧！

卫士一　那怎么行！

卫士二　我可不敢。

卫士一　有谁敢呢？

（众卫士下。德西斯留场上。）

德西斯　你的厄运和死亡使你的手下人都各自东西了。只要把这个消息和你这把宝剑献给凯撒，凯撒营中就会有我一席之地了。

（德西斯取安东尼剑。）

（迪奥摩上。）

迪奥摩　安东尼在哪里？

德西斯　在那边，迪奥摩，在那边。

迪奥摩　他还活着吗？为什么不回答，伙计？

（德西斯携剑下。）

安东尼　是你吗，迪奥摩？拔出你的剑来，送我归西天吧！

迪奥摩　至高无上的主子，克柳葩女王派我来找你呢。

安东尼　她什么时候派你来的？

迪奥摩　就是现在，我的主子。

安东尼　她现在在哪里？

迪奥摩　她把自己锁在皇陵里。她怕你怀疑她和凯撒有勾结——其实根本没这回事——她怕你怒气难消，所以派人来说她已死了。后来又怕这话造成恶果，所以再派我来说明真相，但是我怕已经来得太晚了。

安东尼　太晚了，好迪奥摩，我请你叫我的卫士来。

迪奥摩　喂，皇家卫士！卫士们，喂，来吧，主帅叫你们啦。

（安东尼的四五个卫士上。）

163

安东尼　好兄弟，抬我到克柳葩那里去吧，这是我对你们最后的要求了。

卫士一　该死，我们真该死，主帅，你还有我们这些愿意同生死的伙伴呢。

众卫士　真是沉痛的日子。

安东尼　不，我的好兄弟，不要在刻薄的命运面前低头诉苦，免得它自以为称心如意了。如果我们欢迎它对我们的惩罚，那倒反而是惩罚了它。要表现得满不在乎。把我抬起来吧；好兄弟，以前是我带领你们，这次要麻烦你们领路了。谢谢大家。

（众卫士抬安东尼下。）

第 四 幕

第十五场

亚历山大皇陵外

（克柳葩及侍女查迷艳、伊拉丝上到舞台高处。）

克柳葩　啊,查迷艳,我再也不离开这里了。

查迷艳　放心吧,好娘娘。

克柳葩　我并不怕千奇百怪的痛苦,但是怎能放得下心来呢？我们的痛苦和造成痛苦的原因都是无边无际的。

（迪奥摩上。）

怎么样？他还活着吗？

迪奥摩　死神已经降临到他头上,但他还没有死。瞧皇陵外面那一边,他的卫士正抬着他到这里来了。

（卫士用担架抬安东尼上。）

克柳葩　太阳啊，把蔚蓝的天空烧成一片黑暗，让万顷波涛淹没大地吧！啊，安东尼，安东尼，安东尼！救人啦，查迷艳！救人啦，伊拉丝！救人啦，下面的兄弟，把担架拉上来吧！

安东尼　不要难过。不是凯撒打败了安东尼，是安东尼征服了他自己。

克柳葩　是的，除了安东尼，谁还能征服安东尼呢？可惜到底还是征服了啊！唉！

安东尼　我快死了，女王，我快死了，我只请求死神稍等一会儿，等我把成千上万个蜜吻中最后的一个永远印在你的嘴唇上！

克柳葩　我不敢离开皇陵，亲爱的，亲爱的主子，对不起，我不敢，不敢下去，我怕做凯撒的俘虏，怕得意扬扬的凯撒把我游街示众。只要我有尖刀毒蛇、灵丹妙药，我就不必担心了。我不会让你的寡言少语、神色谦恭的妻子奥大薇亚看到我当众出丑的。上来

　　　　　吧，上来吧，安东尼！——帮帮我，我的好伴当——我们一定要把你拉上来——帮帮忙吧，好姐妹！

安东尼　啊，要快一点！我不行了。

克柳葩　这真是在角力啊！我的主子变得越来越沉重了！我们的力气也都化成了悲哀，更不能把力举千斤的英雄拉上来了。假如我有天后的力气，有天使的翅膀，能把你抬上天神的宝座，那你就得其所了，但这是痴人妄想。啊，抬高一点，高一点，再高一点！

（众卫士把安东尼高举到克柳葩身边。）

　　　　　欢迎，欢迎！活得好才可以死得好。假如亲吻能够起死回生，我真愿意吻你一直吻到海枯石烂啊！

众卫士　看得人心都沉痛了！

安东尼　我要死了，女王，我要死了。给我一点酒，我还要说几句。

克柳葩　不，让我说吧。我要高声咒骂天宫的主妇命运女神，骂得她的命运车轮都转不动——

安东尼　再说一句——我的好女王——对于凯撒，你要保身，不要失身！

克柳葩　如果不能两全呢？

安东尼　听我说，要婉转，凯撒手下的人，只有普洛亚还可靠。

克柳葩　我只靠自己的心和手，不靠凯撒手下的人。

安东尼　对于我命运中的巨变，你既不要难过，也不要悲伤！要多想想我们过去的好日子，我曾经是天下第一号人物，生来伟大，死也毫无愧色，到死还是一个征服了自己的罗马人，并没有向国人弃盔卸甲，现在我的魂魄就要离身，不能再多说了。

克柳葩　万人中的巨人啊，你要走了吗？你怎能抛下我呢？没有了你，这个世界不成了人间沙漠吗？

（安东尼死。）

啊！看，好姐妹，王冠闪烁的金光陨灭了——我的主子！——战争的桂冠凋谢了，军人的擎天柱倒塌了。男女老幼都成了等闲人。月出月落，再也照不到超群出众的男子汉了！（晕倒。）

查迷艳　啊，娘娘，不要说了！

伊拉丝　怎么？我们的女王也死了？

查迷艳　娘娘！

伊拉丝　女王！

查迷艳　啊，娘娘，娘娘，娘娘！

伊拉丝　埃及皇家的女王！

（克柳葩动一动。）

查迷艳　不要叫了，伊拉丝！不要叫了！

克柳葩　没有女王了，只有一个女人，一个普普通通的女人，和普通的挤奶姑娘一样有感情的女人。我要抛起我的王笏去打击那些抛弃了我的天神，我要告诉他们，在他们偷走了我的心肝宝贝之前，我的世界和他们的天堂一样美好。现在却一切都成空了！忍气吞声不过是自欺欺人，暴跳如雷也只是疯狗嚎月；那么，不等死神邀请就冲进他的私宅，算不算是罪过呢？你们怎么样啦，我的好伙伴？怎么，怎么？高兴点吧！为什么不？查迷艳，我的好姐妹？啊，我的好伙伴，我的好伙伴！瞧，我们的灯熄灭了，熄灭了。诸位好伙伴，我们要把他埋葬了。不要泄气，要举行庄严肃穆的罗马葬礼，连死神看了也会觉得惭愧的。来吧！英灵安息的躯体已经冷了。啊，伙伴们，伙伴们，让我们化悲痛为力量，不要让我们的主子等得太久了！

（众抬安东尼下。）

第 五 幕

第一场

亚历山大城外凯撒营地

（凯撒、亚格帕、多贝拉、梅塞纳、盖勒斯、普洛亚等上。）

凯　撒　多贝拉，去对安东尼说：打败了就投降！何必拖拖拉拉呢？

多贝拉　凯撒，我这就去。（下。）

（德西斯携剑上。）

凯　撒　你手里拿剑干什么？怎么敢这样见我！

德西斯　我是安东尼的部将德西斯，在他顶天立地的时候，我曾为他卖命，打击他的对手。如果凯撒用我，我也会像过去对他一样，为你尽力效劳的。

凯　撒　你说什么？

德西斯　我说——凯撒啊——安东尼死了。

凯　撒　这样一件惊天动地的大事会吓得狮子上街、文人钻洞的。安东尼的死不是他个人的得失，而是半个世界坍塌的大事啊！

德西斯　他死了，凯撒，没有法官宣判死刑，也不是雇佣刺客谋杀，而是他那立过丰功伟绩的双手，鼓起心中十足的勇气，把利剑刺入了胸膛。这就是我从他的伤口取下来的宝剑。瞧！剑刃还是血淋淋的呢。

凯　撒　朋友们，你们看，这是上天对我的责备。这个噩耗会使被他打败了的国王都流泪的。

亚格帕　说来也怪，我们坚决要把他逼上绝路，但是天性却使我们对他的死不得不感到悲痛。

梅塞纳　他的功过是难解难分的。

亚格帕　难得有他这样能呼风唤雨、左右人类命运的人才，恐怕天神造人总要留下一点缺陷。看，连凯撒都感动了。

梅塞纳　在安东尼这面人镜子里，凯撒当然会看到自己的影子。

凯　撒　啊，安东尼，我把你逼到了这一步，只怪我们身体内早就流着不是你死、就是我活的血液了。在这个世界上我们是势不两立的。不过，我还是为你的死而伤心落泪，我的兄弟，在理想的顶峰你又是我的对手，在鼎足三分的天下你是我的伙伴，在战场上我们既做过战友，又做过敌人，你我是一个身体的左膀右臂，点燃了你我的雄心壮志，又照耀着你我光辉前途的星辰要我们平分天下。——听我说，朋友们——

（埃及人上。）

等合适的时候我再和你们说。这个来人看起来有事要告诉我们，先听他说吧！——你从哪里来的？

埃及人　我是埃及来投降的人。埃及女王把她自己关在皇陵里，派我来问你对她有什么指示，她好做个准备。

凯　撒　叫她放心吧。我们很快会派人去告诉她，我们对她会做出多么宽大优厚的安排，凯撒不是一个狠心人啊。

埃及人　老天保佑！（下。）

凯　撒　来吧，普洛亚，你去告诉她，我们绝不会对不起人，要安慰她，满足她感情上的需要，免得她为了尊严而寻短见，使我们的打算化为泡影。如果把她活着带回罗马，那会是我们赞不绝口的胜利啊。去吧，快回来告诉我她说了什么，你觉得她怎么样。

普洛亚　凯撒，我就去。（下。）

凯　撒　盖勒斯，你也和他同去。

（盖勒斯下。）

多贝拉呢？我要他做普洛亚的副手。

众　人　多贝拉！

凯　撒　不要叫了。我刚想起已经派他去见安东尼了，应该很快就会回来。你们同我进营帐去吧，我要告诉你们，我是多么不愿意打这场战争的。就是给安东尼的信，我也写得心平气和。跟我来吧，我要让你们知道真实的情况。

（众下。）

第 五 幕

第二场

亚历山大克柳葩皇陵内

（克柳葩、查迷艳、伊拉丝及马蒂安上。）

克柳葩　空虚寂寞的生活看起来反倒更加纯洁，凯撒的胜利又有什么意思？他也不能主宰命运，不过是命运的奴隶，执行命运的意志而已；真正伟大的是做出结束一切的大事，摆脱一切意外的枷锁，关上一切变化的大门，长眠在永恒的乐土之中，把凯撒和乞丐都赖以为生的丰衣美食看作粪土。

（普洛亚上。）

普洛亚　凯撒向埃及女王致意，他希望你提出公平合理的要求，以便得到他的同意。

克柳葩　你叫什么名字?

普洛亚　我是普洛亚。

克柳葩　安东尼说到过你,说你可以信任,但是我现在不怕欺骗,也就用不着信任了。如果你的主子要把一个女王当作乞丐,那请你告诉他:为了维护尊严,女王所乞讨的不会少于一个王国;如果他乐意把他所征服的埃及给我的儿子,那不过是物归原主而已,但我还是要向他拜倒在地、叩头谢恩的。

普洛亚　请放心吧,你现在是落在一个宽宏大量的君主手里,不要害怕。你有什么要求,可以毫无顾忌地向我的主子提出,他是如此慷慨大方,几乎可以说是有求必应。我会回去向他汇报,说你是如何乐意归顺于他的,你就会发现他是一个多么仁慈宽厚的胜利者了。如果人家向他祈求帮助,他总是乐意答应的。

克柳葩　请你转告他:我这个臣仆沐浴着他浩荡的皇恩、高照的鸿运,谨向他取得的丰功伟绩致以崇高的敬意。我无时无刻不在向他顶礼膜拜,如果能够亲瞻音容,那真是不虚此生了。

普洛亚　好娘娘，我会向我的主子汇报的。不要太难过了，因为我知道，给你带来苦难的人对你今天的处境也是同情的。

（盖勒斯及罗马士兵上。）

（对士兵）你们可以使她做梦也想不到就成为俘虏了。好好看守，等凯撒来！

（盖勒斯及士兵下。）

伊拉丝　皇家女王！

查迷艳　啊，克柳葩上当啦！娘娘！

克柳葩　快，快！我还有双手呢。（要拔匕首。）

普洛亚　不要，尊贵的夫人，不要！（夺下匕首。）不要危害自己！我这是来救你，不是来害你的。

克柳葩　怎么，连死也不行么？难道我连狗都不如了？

普洛亚　克柳葩，不要误会了我主子的好意，不要伤害你自己，要让全世界都看到他对你的一片好心。你一死，岂不全落空了！

克柳葩　死神啊，你在哪里？来吧，来，来，来！拿走一条女王的命，抵得上多少男女老幼的命啊！

普洛亚　请节哀吧，夫人！

克柳葩　阁下，我可以不吃不喝。阁下，我也可以不睡，喋喋不休地说个通宵。我会折磨自己到死。凯撒愿干什么就干什么。阁下，你要知道，我不愿意在你主子的宫廷里做一只剪了翅膀的鸟，受到语言无味、面目可憎的奥大薇亚怒目相向。他们会把我吊起来示众，让罗马的乌合之众七嘴八舌，说长道短。我宁可葬身在埃及的阴沟里，让尼罗河的污泥沾满我的肉体，让水蝇在我身上下蛋。我要把全国最高的金字塔当作绞架，把我披枷带锁地挂在上面。

普洛亚　你想得太无边无际了，凯撒怎么会做这样可怕的事呢？

（多贝拉上。）

多贝拉　普洛亚，你已经完成了主子交代给你的事情，他要你回去。女王交给我吧。

普洛亚　那好，多贝拉，那真是再好不过了。你对女王要客气点。

（对克柳葩）如果你要我给凯撒传话，我很乐意遵命。

克柳葩　告诉他我想死。

（普洛亚下。）

多贝拉　最高贵的女王，你听说过我吧？

克柳葩　我不知道。

多贝拉　我想你该知道。

克柳葩　阁下，我知道不知道，并没有什么关系。你恐怕不乐意听女人或孩子和你说梦话吧？

多贝拉　我不懂你的意思，夫人。

克柳葩　我梦见一个帝王叫安东尼。啊，我真愿意再做一次这样的梦，再梦到一次这样的人！

多贝拉　如果你愿意——

克柳葩　他的面孔有如日月高挂的天空，日月起落就照亮了这个小小的地球。

多贝拉　那真是天神的化身——

克柳葩　他的双腿横跨大洋两岸，他举起的手臂是俯瞰天下的山峰；他说话的声音宛如星球运转时奏出的仙乐，这是感情的升华；在他怒冲牛斗的时候，那听到的就是震天动地的隆隆雷声。他慷慨大度，温暖如春，一年四季没有冬天，他的秋天只有丰收。他的欢乐犹如飞鱼在海上露出光辉灿烂的背影。带着帝王冠冕的君主穿着侍从的华服追随他的左右；从他衣袋里掉出来的赏赐，都是山清水秀的国土、月明珠泪的岛屿。

多贝拉　克柳葩！

克柳葩　你想想看，天下有没有、可能不可能有我梦想到的一个这样的人？

多贝拉　好夫人，没有。

克柳葩　你说谎话难道不怕天神听见？如果说过去或现在都没有出现一个这样的人，那是因为天地造出来的奇人异物都需要人的想象来加工，而人想象中的安东尼，比起天生地造的安东尼来，不就像人和影子在争高下一样吗？

多贝拉　听我说，好娘娘，你的损失是无法估计的，只有你承受的痛苦可以和损失相提并论。我的内心深深感到苦难对你的沉重打击，如果感受不到，那我这个人还能做成什么事呢！

克柳葩　非常感谢，阁下。你知道凯撒对我准备如何发落吗？

多贝拉　我不敢告诉你我所知道的。

克柳葩　不要紧，请说吧，阁下。

多贝拉　虽然他是非常令人钦佩的——

克柳葩　那么，他会把我游街示众？

多贝拉　夫人，恐怕会的。

（鼓乐开道。凯撒上，盖勒斯、梅塞纳等后随。）

众　人　现在清道，凯撒到了。

凯　撒　埃及女王呢？

多贝拉　夫人，皇上到了。

（克柳葩跪下。）

凯　撒　起来吧，你用不着下跪，请起，请起，埃及女王。

克柳葩　这是天命，我的主公。天命不能不从。

（克柳葩起立。）

凯　撒　不要念念不忘，你过去所犯的错误都是表面上的，我们不会看成是存心不良。

克柳葩　普天下的主宰，我不敢为自己辩护，只想承认犯下的错误。不过，这种错误，以前的女王也都难免不犯。

凯　　撒　克柳葩，你要知道，我是宽大为怀，而不强人所难的；如果你按照我的意图去做，那你会发现我非常宽厚，并且觉得这次巨变对你非常有利。不过，如果你想和我为难，走上安东尼的不归之路，使我蒙上暴君的恶名，那你就是把我的好心当成恶意，使你的子孙后代走上灭亡的道路了，但那是我希望不会发生的。我要告辞了。

克柳葩　现在天下都唯你之命是听，我们不过是你打败的弱国、拔倒的军旗而已，你可以随意摆布我们。这是我的汇报，主公。（呈上表报。）

凯　　撒　你应该提出处理克柳葩的意见。

克柳葩　这是我金银珠宝的清单，经过准确的估价，当然，小件没有计算在内。塞流克呢？

（塞流克上。）

塞流克　来了，娘娘。

克柳葩　这是我的司库。主公，要他向你汇报，就可

　　　　　以知道我没有保留任何财宝。塞流克,照实说吧。

塞流克　娘娘,我还是不说为妙,一说实话,我就有生命危险了。

克柳葩　难道我保留了财物吗?

塞流克　保留的比说出来的多得多哟。

凯　撒　不,不必脸红,克柳葩,我佩服你干得聪明。

克柳葩　看,凯撒,啊,你看,人是怎样趋炎附势的。我的人现在都变成你的了,假如我们换个位子,你的人也会变成我的。像塞流克这样忘恩负义,简直要把我气疯了。——啊,该死的奴才,你不配得到信任,买卖婚姻怎能得到爱情?怎么,你想走吗?

(塞流克往后退。)

你走不掉,我警告你。我要挖掉你的眼睛,让你插翅也难飞掉。奴才,没有良心的坏蛋,狗东西,卑鄙下流的家伙!

凯　撒　好女王,不要生气吧。

克柳葩　啊,凯撒,这多么叫人伤心丢脸!你屈尊光临,看望我这个微不足道的女人,而我自己的奴仆居然胆大妄为，把大包小包的琐事都摆了出来。你说说看，好凯撒，如果我保留了一些女用的小玩意儿，为平时穿戴使用的，或者是一些准备送给你的夫人或奥大薇亚的贵重礼物，请她们婉转为我说几句好话，难道我还要把这些告诉一个我豢养的奴才吗！天呀，这对我真是落井下石。

（对塞流克）——滚吧！否则，你会看到厄运的灰烬中爆发出愤怒的火星。如果你还是人，总该有点人性啊。

凯　撒　下去吧，塞流克。

（塞流克下。）

克柳葩　要晓得，大人物也会为别人的过错受到误解。在我们失败的时候，人家又把我们和成功的人物比较，我们真是成败两难啊。

凯　撒　克柳葩，无论是你保留的财物，或是清单上罗列的珍宝，都是属于你的，不是我们的战利品。你完全可以随意支配，要相信凯撒不是一个商人，不会像商人做买卖一样讨价还价。因此，高兴一点吧，不要关在胡思乱想的牢笼里。何苦呢,亲爱的女王,关于安排你的问题,我们还要征求你自己的意见呢。所以放心吃饱睡好吧。我们对你既关心又照顾,永远是你的好朋友。就说到这里为止吧,再见了。

克柳葩　我的主子,我的主公!

凯　撒　不要这样客气,再会!

（鼓乐齐鸣。凯撒及随从下。）

克柳葩　他用好听的话来骗我上当。我的好伴侣,他要我走宽阔的大路,不走安全的小路。——但是听我说,查迷艳!

伊拉丝　完了,好娘娘,光明的白天过去了,剩下的是一片黑暗。

克柳葩　快去吧,再催一下,我已经交代过要他们准备好,你去催他们快一点。

查迷艳　好的,娘娘。

（多贝拉上。）

多贝拉　女王在哪里?

查迷艳　阁下,你瞧。

克柳葩　多贝拉!

多贝拉　娘娘，我答应过照你的意旨办，你的意旨就是我的宗教——现在我要告诉你：三天之后凯撒就要走叙利亚回国了，在这三天之内会把你和孩子送去罗马。做好准备吧，我答应过满足你的要求，希望能够使你愉快。

克柳葩　多贝拉，我对你非常感激。

多贝拉　我很乐意帮忙。再见，娘娘，怕凯撒传呼我。（下。）

克柳葩　再见，多谢。——现在，伊拉丝，你看怎么办？罗马人会像看木偶戏一样围着看你和我。那些呆头笨脑的奴才系着油腻的围裙，会把我们抬起来示众。他们气喘如牛的呼吸、消化不良吐出的气息，会像浓雾一般缠着我们的身体，使我们不得不吸收他们浑身的汗臭。

伊拉丝　那天可怜我们吧！

克柳葩　叫天也没有用。肯定的是，伊拉丝，邪皮赖脸的粗人会把我们当作婊子，舞文弄墨的诗人唱着歪腔破调来奚落我们。油嘴滑舌的戏子会把我们在亚历山大的欢宴搬上舞台：安

>   东尼会被演成一个醉鬼,我呢,会由一个尖声怪气的男孩来演成一个不要脸的娼妇。

伊拉丝　老天不会答应!

克柳葩　天也阻挡不了。

伊拉丝　我真不愿看到,那还不如用指甲把眼睛挖掉呢!

克柳葩　那倒不错,是个办法,叫他们的诡计落空,让他们白白地欢喜一场。

> (查迷艳重上。)
>
> 来吧,查迷艳!给我打扮一下,我的好伙伴,让我穿上最好的女王服装,就像我要去西德纳河上会见马克·安东尼一样。——伊拉丝老兄,去吧。——现在,查迷艳,我的好伙伴,我们的确要快一点,等你给我打完了这一次短工,我会给你一次长假,一直放到世界的末日。把我的全套服装和王冠拿来。
>
> (伊拉丝下。)
>
> (内有话音。)
>
> 谁在说话?

（一卫士上。）

卫　士　有个老乡咬紧牙关一定要面见女王,他说他是来送无花果的。

克柳葩　让他进来。

（卫士下。）

平凡的工具却可以做出不平凡的事业！他给我送来的是自由,我的决心下定了,我身上从头到脚都不再有一点女人的娇气,我浑身上下都是玉石雕成的,风花雪月已经和我没有关系了。

（卫士及老乡携果篮上。）

卫　士　就是这个老乡。

克柳葩　你下去吧,把他留下。

（卫士下。）

你把那尼罗河的长虫带来了吗？那咬死人而不叫人痛苦的长虫呢？

老　乡　不错,带来了。不过,我不敢让你碰它,因为它一咬人,人就会死,而且一死就救不活了。

克柳葩　你记得它咬死过什么人吗？

老　乡　它咬死的人可多着呢，男的女的都有。就在昨天还咬死了一个老实的女人，这个女人偏偏有一回不老实和人睡觉了。她是怎样被咬死的？死的时候痛苦不痛苦？一看她的样子就可以知道这长虫的确不错。不过人家说的话也不可以全信，至少它咬死过的人没有半个活过来的。这真要命！这长虫是惹不得的。

克柳葩　你回去吧，再见。

老　乡　希望长虫能使你高兴。（放下篮子。）

克柳葩　再见吧。

老　乡　一定要记住，要小心，长虫是会咬人的。

克柳葩　知道了，知道了，你走吧。

老　乡　要小心点，长虫要有内行照管，外行会出事的。

克柳葩　不要担心，会有人照管的。

老　乡　那好，请记住：不要喂它，它不值得喂养。

克柳葩　它会咬我吗？

老　乡　你不要以为我头脑简单，其实我也知道：连魔鬼都不愿咬女人的。我知道天神也像喜欢美食一样喜欢美人,如果魔鬼咬上一口,那美人不是体无完肤了吗?不过,说老实话,这些婊子养的魔鬼做了对不起天神的事,天神造的美人,十个倒有五个给魔鬼咬得体无完肤了。

克柳葩　好了,你回去吧,再见。

老　乡　好,说心里话,我希望长虫能使你快活。(下。)

(伊拉丝捧冠服珠宝上。)

克柳葩　给我披上王袍,戴上王冠,我已经如饥似渴地向往着永生了。我不再留恋那滋润嘴唇的埃及葡萄汁。快点,快点,好伊拉丝!我仿佛听到安东尼的呼唤,我看见他笔挺的在那儿赞美我干得好。我听见他笑凯撒上当了,天神给他好运,只是为了以后给他更大的苦恼。——我的夫君,我来了,我的勇气证明我取得这个名副其实的称号是毫无愧色的!我是火,我是风,至于我身体内的水和土,就让它们融入平凡的人生吧。——你们做完了吗?好,过来,让我的嘴唇给你们带来最后的温暖。别了,好查迷艳,永别了,伊拉丝。

(吻她们二人,伊拉丝倒地而死。)

难道我的嘴唇沾染了长虫的毒液?怎么,你就倒了?如果和生命分离可以这样平静,那么死亡的打击也不过像情人捏手一样轻松愉快了。你就这样轻松地躺下了吗?这样消失就是告诉大家:和世界告别是多么轻而易举的事啊。

查迷艳　乌云快点化为急雨吧!天神看了,难道不该流泪吗?

克柳葩　她一死,说明我落后了。如果她先碰到美发的安东尼,他不会问到我,并把他天堂的第一个吻借给她吗?——来吧,咬人精!

(把毒蛇放胸前。)

用你的灵牙利齿咬断这根生命线吧,吐出你的毒液送我归天吧,请你转告凯撒:天下第一号笨驴上当啦!

查迷艳　啊,东方的晨星陨落了!

克柳葩　静一点,你没看见新生的婴儿正在吸奶,吸得我昏昏入睡吗？

查迷艳　啊，谁看了能不心碎呢？

克柳葩　像软绵绵的香膏，像轻轻吹的微风，温柔而又多情——啊，安东尼！——不够？你也来添香加油吧！

（把另一条毒蛇放到臂上。）

——还有什么恋恋不舍的呢？（死。）

查迷艳　一片荒凉的世界！好，再见吧！现在，死神啊，你的王国里来了一个举世无双的女郎——闭上你软绵绵的眼帘，太阳神的灿烂金光也照不亮你神采奕奕的眼珠了！——你的王冠歪了，我来给你扶正吧。然后，我也要演我自己的——

（众卫士匆匆上。）

卫士一　女王呢？

查迷艳　声音轻一点，不要吵醒了她。

卫士一　凯撒派我们来——

查迷艳　来得晚了一点——

（取毒蛇放臂上）

快点送我走吧！我感觉得到你已经来了。

卫士一　喂，快过来！情况不妙，凯撒上当了！

卫士二　凯撒派了多贝拉来，要他来吧！

（一卫士下。）

卫士一　你们干什么了，查迷艳？这算什么名堂？

查迷艳　非常出色的名堂，完全是王家气派，这么多国王世代相传的派头。知道了吗，大兵？

（查迷艳死。多贝拉上。）

多贝拉　这里是怎么啦？

卫士二　都死了。

多贝拉　凯撒，你怕什么，就会发生什么。现在，你来亲眼看看，极力想避免的事，偏偏就发生了。

（凯撒及随从上。）

众　人　开道！为凯撒开道！

多贝拉　啊，主上，你真是未卜先知，你怕出现的事果然就出现了。

凯　撒　最后关头倒最勇敢，她猜到了我的用心，到底不失女王身份，走上了自尽之路。她们是怎样死的？怎么不见一点血迹？

多贝拉　最后谁和他们在一起？

卫士一　一个送无花果来的老乡,这是他的篮子。

凯　撒　那么,她们是毒死的。

卫士一　凯撒,这个查迷艳刚刚还活着呢。她站着说话,我看见她给死去的女主人戴好王冠,她身子发抖,站立不稳,突然就倒下了。

凯　撒　啊,高贵的弱者!如果她们服了毒药,身体就会肿胀;但她看起来却像在安眠中,仿佛要用睡梦的媚态再网罗一个安东尼呢!

多贝拉　她的胸口还有一丝血痕,有点肿胀,胳臂也是一样。

卫士一　这是毒蛇咬过的痕迹,而这些无花果叶子上的黏土,和尼罗河蛇洞前的泥土是一样的。

凯　撒　很可能她就是这样死的,她的医生告诉过我:她曾经千方百计研究过无痛苦的死法。抬起她的卧床,也把她的侍女抬下陵墓去。她应该和她的安东尼生同寝而死同穴。天下哪有一座坟墓埋葬过这样举世无双的一对情侣!这样壮烈的悲剧会感动造成悲剧的人,他们多情的故事赢得的同情不亚于我们的丰功伟绩带来的荣誉。我们的三军将士都要参加他们盛大的葬礼,然后再回罗马。

来吧,多贝拉,葬礼既要秩序井然,又要庄严肃穆!

(众下。士兵抬担架下。)

(2014年1~3月译)